Si para recobrar lo recobrado
debí perder primero lo perdido,
si para conseguir lo conseguido
tuve que soportar lo soportado,

si para estar ahora enamorado
fue menester haber estado herido,
tengo por bien sufrido lo sufrido,
tengo por bien llorado lo llorado.

Porque después de todo he comprobado
que no se goza bien de lo gozado
sino después de haberlo padecido.

Porque después de todo he comprendido
que lo que el árbol tiene de florido
vive de lo que tiene sepultado.

FRANCISCO LUIS BERNÁRDEZ

A Valeria, Nicolás y Carlos,
por llenar de sentido TODO y porque quizá algún día
os toque comprender que nunca es demasiado tarde
para empezar a vivir intensamente.

Me encantan las películas con finales felices, a quién no. Con la protagonista casada con su príncipe azul, o con su negocio viento en popa, o tras haber superado una terrible enfermedad, ya todo daba igual. Nos quedábamos en la imagen congelada de la felicidad plena. Pero ¿qué pasa en la vida real?, ¿qué hay del después?

En la realidad cotidiana no hay solo un principio y un final. La vida es una lucha continua y quien decide exprimirla al máximo se enfrenta a los nuevos despertares que supone aprender, pero también a finales que nos obligan a cerrar círculos y pasar página, como Sabina en una de sus canciones, que al romper una relación con quien no le conviene, dice: «Ahora es demasiado tarde, princesa». Pues hasta para eso: creo que nunca es tarde para dejar que lo negativo salga de nuestra vida y quede atrás.

Como tantas personas aquí reflejadas, mi familia también vivió su propia película de superación. Y aunque los finales felices existen, la vida continúa y surgen nuevos comienzos cada día y diferentes retos que «nos colocan directamente en la casilla de salida», como cuando te comen una ficha en el parchís.

Así me he sentido muchas veces, como todos, supongo. Quizá lo mejor de todo es que siempre, aunque a veces me haya llevado más tiempo descubrirlo, he «sentido» que ese empezar de cero era necesario y positivo.

Mi vida ha recomenzado varias veces. El día que perdí las piernas, el día que retomé el deporte, el día que conocí a Juan Pablo, que hoy es mi marido, el día que nacieron mis sobrinos y, por supuesto, el más especial y determinante.

Tras una boda llena de magia, música, amigos, amor, y mientras planeaba la temporada de competiciones internacionales de esquí adaptado 2011-2012, recibí la mayor de las alegrías, la mayor de las recompensas, y justo el día de mi cumpleaños: ¡Íbamos a ser papás! Desde luego que ese ha sido el mayor de mis «renacimientos».

Hoy Carlos, nuestro bebé, ya camina y empieza a decir sus primeras palabras. Nos tiene a todos enamorados y ha llenado de ilusión y felicidad hasta el último rincón que pudiera quedar aún por sanar.

Si hubiera algún guionista de Hollywood por ahí, se podría pasar estos dos días por mi casa para argumentar esos finales que tanto nos gustan porque, como estás a punto de leer, «mi película» me ha llevado a conocer otras vidas, asistir a otros renacimientos (en algún caso, mejor diría «resurrecciones») que me reafirman en la idea de que nunca es demasiado tarde para crecer, mejorar y dar la bienvenida a la vida de verdad.

Creo que conocer estas historias, como tantas otras reales que existen en el mundo, puede ser muy útil para ayudarnos a relativizar lo que nos ocurre. Para quejarnos menos. Para disfrutar más. Para valorar las cosas que realmente son importantes en la vida.

—Entonces ¿el sábado viene Elsa? —me pregunta Juan Pablo.

—¡Sí! ¡Estoy recontenta! —digo con amplia sonrisa imitando el acento argentino que tan importante papel jugó cuando trataba de conquistarme.

—¡Cómo te amo! —me responde exagerando por el entusiasmo que le contagio, pero también porque echa de menos el país en el que creció—. ¿Qué dice? ¿Cómo está?

—Creo que tiene muchas cosas que contarnos.

—Sí, hace tiempo que no la vemos, me pareció raro que no viniera a la celebración del primer año de Carlos.

—Estaba fuera. Ya sabrás por qué. —Me encanta ponerme misteriosa, aunque tengo que decir que no siempre consigo mantener el suspense: me pueden las ganas de compartir una buena noticia o un chisme jugoso.

—Fue un cumpleaños tan especial...

—Sí, qué alegría que tus padres pudieran viajar a España. Al que extrañamos mucho fue a tu hermano.

—Maxi tiene mucho laburo en Buenos Aires, pero esa es muy buena señal.

—Claro que sí, ¡ya lo celebraremos en Argentina!

—¡No puedo esperar al sábado para que nos cuente!

Llaman a la puerta.

—Somos las vecinas, ¿se puede? —Es mi madre, que vive en la planta de arriba.

—Claro, mami, ¡pasad!

—Pasen, pasen. —Juan Pablo pisa mis palabras.

—Vengo a ver a mi nieto. —Una enorme sonrisa se dibuja en el rostro de nuestro bebé de un año recién cumplido al ver aparecer a su abuela y a Rosita, a la que ya todos llamamos «Tita Rose».

—El sábado tenemos visita —les anuncio.

—Ya sabés, Mariaje, que estás invitada —dice Juan Pablo—, y vos, Rose, si te quedás.

—Gracias, pero me voy al pueblo, ¿queréis que os deje hechas un par de tortillas de patata? —dice, siempre tan resolutiva ella.

—¡Síiii! —exclamamos los dos al unísono. Le salen riquísimas.

—Contad con ellas. Este niño está cada día más guapo.

—¿Nos le podemos subir un ratito a nuestra casa? —pregunta mi madre mirando a Juan Pablo, sabe que yo no tengo problema en «prestárselo».

—Bueno, pero nos lo devuelven rápido. ¡Y cuídenlo!, que de momento no hay más —dice con el tono guasón que le caracteriza.

Nos quedamos solos, nos abrazamos en el sillón y Racha, nuestra caniche mediana, sale de su escondrijo para unirse al momento de tranquilidad que se respira sin los grititos de Carlos y el estruendo de juguetes estrellándose contra el suelo. Por fin nuestra anciana perrita está fuera de los riesgos para su integridad que suponen los tirones de oreja y los apretujones que nuestro hijo le dedica para demostrar lo mucho que quiere a «su hermana mayor».

—Me has dejado intrigado con lo de Elsa.

—El sábado saldrás de dudas —digo imitando el tono misterioso y chistoso que a él se le da tan bien cuando hay una sorpresa en camino.

Elsa

Edu y Roberto se subieron al Seat León de Roberto y esperaron a que las chicas se colocaran tras ellos para seguirles. Habían salido a cenar y se dirigían al Sunset, donde Edu trabajaba de relaciones públicas.

Elsa le quitó de las manos a Martina las llaves del Polo y se sentó en el asiento del conductor sin preguntar. Martina de copiloto. Sofía, feliz y despistada, se sentó tras Elsa y, sin reparar siquiera en que la ley obliga a usar el cinturón de seguridad también en los asientos traseros, se puso a cantar la canción que empezó a sonar en cuanto el coche se puso en marcha, *Tonight is gonna be a good night*, su favorita.

—Claro que va a ser una buena noche, buen día y buen todo. ¡Inolvidable! —dijo Elsa. Hacía un par de meses que había roto por fin con Adolfo y había vivido aquella ruptura casi como una liberación. Estaba deseando comerse el mundo.

Roberto conducía con mucho cuidado para evitar que su hermana Elsa le perdiera de vista. Por el carril derecho, había un Toyota que circulaba aún más despacio y cuyo conductor parecía no ser muy dueño del volante.

—Estos son los que provocan accidentes, porque vas a una velocidad normal y de pronto tienes que frenar para no comértelo. ¡Si hasta parece que va borracho!

—¡Adelántalo!, ¡vas pisando huevos, Rober! —dijo Edu—. ¡No nos van a perder! Tu hermana conduce dabuti.

Roberto miró por el retrovisor, veía perfectamente las cabezas danzantes de las tres eufóricas amigas. Elsa puso el intermitente y se colocó justo detrás de su hermano. Roberto adelantó sin problemas al Toyota, sin quitar la mirada del espejo, con un incómodo sentimiento que le hacía permanecer alerta.

De pronto comprobó que, justo cuando su hermana se disponía a adelantar para no perderle, el conductor del Toyota charlaba excitado con su copiloto completamente ajeno a su existencia. Roberto trató de avisarla, pero Elsa no pareció entender a cuento de qué activaba las luces de emergencia. Ya había señalizado su cambio de carril y estaba a punto de sobrepasar al Toyota cuando su conductor, enfrascado en lo que parecía el comienzo de una discusión con su acompañante, se encontró tras un coche que circulaba a menor velocidad y decidió adelantar también. Echó una rápida mirada a su retrovisor, pero la mala suerte quiso que el coche de Elsa quedase en el ángulo muerto y que se echara literalmente encima de ella.

Por suerte Elsa reaccionó a tiempo. Pisó el acelerador a fondo impidiendo así la colisión, pero de pronto dio un volantazo inesperado que, a 113 kilómetros por hora, le hizo perder automáticamente el control. Un gran trompo condujo el coche de las tres amigas al arcén, pero lo hizo después de dar varias vueltas de campana.

Roberto vio pasar ante sus ojos fugaces escenas de su hermana y sus amigas. Como a cámara lenta, consiguió reducir la velocidad y bajar del coche. El Toyota había desaparecido. Viendo lo que había provocado, se dio a la fuga. Cuando llegó al Polo gritó los nombres de las chicas.

—Tranquilo hermano, estamos bien —dijo Elsa, aturdida pero consciente.

—¡Gracias a Dios! Me he dado un susto de muerte.

—¡Qué mareo!, ¡sacadnos de aquí por favor! —susurró Martina. Roberto comenzó a tirar de ella que ya se había quitado el cinturón y parecía ser capaz de salir por su propio pie.

—Es un milagro que estemos todas... ¡Sofía! ¡No se mueve!

Era la única que no se había puesto el cinturón de seguridad y las vueltas de campana habrían provocado fuertes golpes en todo su cuerpo. Roberto corrió de inmediato a tomarle el pulso, pues Edu se había quedado petrificado, y comprobó que, aunque débilmente, su corazón seguía latiendo.

—¡Llama al 112! —gritó a su amigo.

Aquellos quince minutos fueron eternos.

—Elsa, ¿seguro que estás bien? —preguntó con miedo su hermano.

—Me he quedado atascada, no puedo quitarme el cinturón —respondió ella.

—Yo lo haré —dijo Roberto y procedió a desatar a su hermana esperando que saliera del coche tan fácilmente como Martina. Pero en lugar de eso, Elsa soltó un desgarrador grito de dolor que atravesó el tímpano y el corazón de su hermano.

Esperaron a que fueran los servicios de emergencia quienes sacaran a Elsa y a Sofía del coche y volaron al hospital. En el trayecto, muerta de miedo y de vergüenza, Elsa comprobó que se había orinado encima. Y lo peor de todo es que no se había percatado del momento en el que había ocurrido aquello.

Roberto llamó a su madre, Pilar, intentando en vano tranquilizarla. Su padre, Javier, había tenido un fatídico accidente hacía siete años y, desde su muerte, su madre vivía entre la apatía y el temor. De camino al hospital, empezó a rezar. Era la primera vez que lo hacía desde que abandonó el colegio de curas. Casi ni recordaba el padrenuestro, después repetía en su cabeza: «Padre nuestro, que estás en los cielos...», «Ave María, llena eres de gracia...», y volvía a repetir, «Venga a nosotros tu reino...», «Hágase tu voluntad, pero por favor que no le pase nada malo a Elsa, que Sofía esté bien...».

Pilar, desencajada, ya estaba con ellos cuando el médico salió a dar las primeras noticias.

—Martina Álvarez solo tiene contusiones. Sofía Gómez está fuera de peligro, los repetidos golpes le hicieron perder la conciencia, pero en estos momentos está estable. —Roberto empezaba a controlar su agitada respiración. «Gracias, Dios», «Por favor que Elsa esté bien», seguía pensando—. Elsa Moreno —prosiguió el médico más serio— también está estable, pero un fuerte golpe recibido a la altura de las vértebras D5 y D6 ha provocado una lesión medular.

Pilar sintió que el corazón le daba un vuelco. El cerebro le iba a explotar y sus oídos dejaron de escuchar repentinamente. Se acercó al médico y sin saber cómo pudo articular palabra le espetó:

—¿Me está diciendo que mi hija no podrá mover sus piernas nunca más?

—Es pronto para hablar de eso.

—¡No puede ser! —Pilar hacía grandes esfuerzos para reprimir el llanto, pero las lágrimas le caían de los ojos irremediablemente. Sabía muy bien qué era una lesión medular, pero nunca había pensado que aquel drama pudiera tocarles a ellos alguna vez. Y menos de una forma tan tonta: uno de los descontrolados bandazos de Sofía fue implacable con la espalda de Elsa.

Pilar conocía a dos personas en silla de ruedas. Uno era el director de su banco: se cayó del caballo en una competición hípica con la mala suerte de partirse el cuello a la altura de la vértebra C-7. Por fortuna, Ramón, que era como se llamaba el animoso director, era un hombre de recursos, con muchas ganas de seguir trabajando y un espíritu a prueba de toda adversidad. Lo llevaba tan bien y había conseguido manejarse con las manos con tal destreza, que nadie creía que sufriera una lesión a la altura de las cervicales. Todos pensaban que era dorsal.

La otra persona en silla que conocía Pilar era Carmen, una amiga de toda la vida que tenía esclerosis múltiple. Empezó sintiendo cosquilleos y espasmos en sus piernas. Después falta de agudeza visual. Aquella enfermedad neurodegenerativa fue atacando su sistema nervioso central hasta hacerla dependiente de mil medicamentos y una silla de ruedas. Pero también la recordaba con una sonrisa en su rostro. Algo que la tranquilizó bastante.

Lo de su hija era distinto. La lesión de Elsa era mucho más baja que la de Ramón y no tenía ninguna enfermedad. Pilar llegó a pensar incluso que, con todo, habían tenido suerte. Que lo que tenía que hacer era dar gracias porque la desgracia podía haber sido mayor. Podía haberse quedado sin hija como se quedó sin marido.

En aquel hospital sombrío por donde deambulaban familias desmoralizadas, nadie reparó en que era 28 de diciembre. Los Santos Inocentes. Era una broma macabra que les había gastado el destino.

Roberto y Pilar se pasaron allí días enteros. Vieron cómo daban el alta a Martina primero y a Sofía después. Pilar no acababa de creer lo que estaba pasando. Tenía fantasías en las que despertaba con su hija en casa, iba a su habitación y la contemplaba aún dormida. Elsa se despertaba, le daba un beso de buenos días y se sentaban a la mesa de la cocina para desayunar juntas.

Pero la realidad era muy distinta.

Todos los días, Pilar preguntaba a los médicos, ávida de un rayo de luz que alejara la imagen de su inquieta y vehemente hija de una silla de ruedas. Le parecía que «su niña» no iba a tener la paciencia ni el ánimo para asumir aquella situación que borraba de un plumazo todos sus planes e ilusiones.

—Llevan décadas investigando posibles soluciones y hemos podido ver grandes avances en el campo de la neurología. En los últimos años, la investigación con células madre ha avanzado mucho, así como los estudios sobre nuevas drogas, geles, estimuladores eléctricos y bioquímicos —le explicaba pacientemente el doctor Rubio.

—¿Y qué se podría conseguir con todos esos avances?

—Reparar o regenerar una médula lesionada, pero aún queda camino por recorrer. Son técnicas esperanzadoras, pero, hasta ahora, los avances en pacientes intervenidos no son los deseados.

—O sea, que no.

—La movilidad recuperada es muy pequeña o prácticamente nula. Además, existen muchos riesgos en este tipo de operaciones, ya que la médula es un órgano muy delicado y un error puede provocar daños mayores en el paciente o incluso la muerte. No le quiero dar falsas esperanzas. Los riesgos son grandes.

—Lo entiendo. —La pobre Pilar se quedó peor de lo que estaba.

Roberto se acercó a su madre. Le dio un abrazo que la dejó sin habla. Hasta ese momento, había estado tan aturdida que no había reparado en lo necesario que es un abrazo cuando faltan las fuerzas. Fue una inyección de energía: Pilar encontró al fin refugio y esa chispa de esperanza que los médicos no habían sido capaces de darle.

Aquella Nochevieja fue radicalmente distinta a las demás. En lugar de confeti y serpentinas, la pesadumbre y la desesperanza se cernían sobre las vidas de los miembros de aquella desventurada familia.

Cuando Elsa se enteró de lo que le había ocurrido, una gran nube negra se posó sobre su cabeza con voluntad de quedarse ahí mucho tiempo.

Cada día que pasaba, se le hacía más insoportable aquella habitación apagada con su olor a betadine rancio que se le había quedado pegado en la nariz.

No podía creer que nunca más volvería a caminar. Pensó en su trabajo. Podría seguir haciéndolo. Ir en silla de ruedas no le impediría diseñar los catálogos de muebles de la empresa en la que llevaba apenas dos años contratada. Pero en lo último que quería pensar en ese momento era en volver a la oficina.

Lo que realmente la aterraba era verse sola, desvalida, impedida, como por momentos creía estar. Se preguntó si podría volver a tener relaciones sexuales y si le producirían placer o lástima de sí misma.

«¿Encontraré a alguien que quiera compartir la vida conmigo?, ¿podré tener hijos?» fueron las primeras preguntas que la asaltaron.

Volvió a poner las manos sobre las piernas. Deslizaba sus dedos por ellas con la esperanza de sentir una leve caricia. Nada. Era como tocar el cuerpo de otra persona. Acarició sus partes íntimas y el no sentir siquiera un leve cosquilleo la sumió en una angustia desconsolada.

No quería volver a sonreír, ni salir a la calle, ni ver a sus amigas. No quería seguir viva. Pese a que nunca se había considerado una persona débil, sintió que ya no había más sueños por los que luchar. Si todavía no había llegado su momento, ¿por qué su vida se estaba desmoronando? → destruyendo - cayendo

Elsa sentía que quería dejar de formar parte de una existencia que no le había mostrado aún ese lado dulce que parecía existir solo en las películas de amores inolvidables y familias felices. Todo lo contrario. Su realidad nada tenía que ver con la de esos que sonríen, a quienes les pasan cosas bonitas, viven amores inolvidables y en cuyo entorno reina una felicidad infinita. No era su caso.

Su familia, que distaba mucho de ser como la de las películas, parecía haberse hundido desde que faltaba su padre. Su hermano era el único que, refugiándose en los amigos y en el trabajo, parecía haber levantado cabeza.

Tampoco había vivido el verdadero amor, ni recordaba haber experimentado uno solo de esos momentos por los que merece la pena levantarse cada mañana. Su última relación había resultado ser un verdadero fracaso. A pesar de sus esfuerzos, no conseguía recordar ni un momento bueno con Adolfo. Estaba, literalmente, hundida en la miseria.

Eran tales el abatimiento y los espantosos desajustes físicos a los que tenía que hacer frente y que no quería ver, que Elsa empezaba a sumirse en una depresión. La pérdida del control de los esfínteres le hacía sentirse totalmente indefensa, abandonada a una deriva angustiosa y asfixiante.

Su moral no podía estar más baja. Quería dejar de pensar para no seguir deseándose a sí misma la muerte una y otra vez. Si le hubieran dejado decidir, no habría dudado en optar por la eutanasia porque jamás habría tenido el valor de suicidarse.

Tras unos días de confusión, cansancio y miedos, llegaron las primeras reacciones.

—¡Esto es la gota que colma el vaso!

—No digas eso.

—La muerte de papá, lo de Adolfo.

—No todo el mundo tiene la misma fuerza. A veces se necesita mucho tiempo.

—Y ahora esto, ¿por qué el destino se está cebando conmigo? —De nuevo, un coche y la carretera estaban en el centro de su desdicha.

Solo siete años atrás, su padre perdía la vida conduciendo. Iba solo, volvía a casa tras una larga jornada laboral y discutía con Pilar por el teléfono móvil.

—Pilar, cariño, ya te he dicho que he salido lo antes que he podido.

—Es que siempre eres el último en salir de la empresa. Ni que fuera tuya.

—Bueno, que ya estoy llegando.

—En una familia hay más obligaciones que la de traer el dinero a casa —le cortó Pilar.

—Sabes que tenemos un negocio muy importante entre manos y hay que dejarlo todo muy bien atado.

—Siempre la misma canción.

—Te dejo que estoy conduciendo y me parece ver un coche de la Guardia Civil a lo lejos.

—Javier, es que no haces otra cosa que trabajar. Roberto está faltando a clase, Elsa se pasa las tardes mirando las musarañas.

—Está bien, cariño, lo hablamos cuando llegue.

—Además, yo me siento muy sola, a veces pienso que es como si no tuviera marido.

—Cariño, te dejo que hay un...

Pilar, al otro lado del teléfono, escuchó con total claridad el sonido de los frenos clavándose en la carretera. Su eco le heló el corazón. A aquel frenazo le siguió un gran estruendo. Y confusión.

La madre de Elsa se quedó inmóvil pensando lo peor. El corazón le palpitaba de tal forma que creía que el pecho le iba a estallar. Cuando pudo tomar aire y tras hacer grandes esfuerzos por respirar, comenzó a gritar. Pensaba que le iba a dar un ataque de ansiedad.

—¡Javier, por favor, contéstame! ¡Dime que estás bien! ¡Javier! ¡Javier! Dios mío, te pido que no sea nada. Por favor, ¡Javier!

A los pocos instantes, y en medio de la angustia más fuerte que había vivido nunca, Pilar escuchó la voz desconocida de un hombre.

—¿Oiga? ¿Puede oírme? —Silencio—. No respira. Pilar quedó tendida en el suelo, desmayada.

Aquel episodio no había cicatrizado y Pilar tenía que enfrentarse a una nueva tragedia. Inesperadamente, aquello fue el revulsivo para que naciera en ella una fortaleza inusitada. Su hija estaba viva y con eso bastaba para poder luchar todo lo que no luchó por salir adelante después de la muerte Javier. En aquel entonces, nada pudo hacer por lograr lo que más deseaba en el mundo: tener a su marido de nuevo a su lado, pero ahora, podía devolver la esperanza a su hija. Adquirió en ese mismo instante el compromiso de tratar que Elsa se repusiese lo más rápidamente posible. Y de no volver a naufragar en el recuerdo de su esposo fallecido. Ahora sí que tenía un verdadero motivo por el que luchar. Ahora por fin, tras siete años de depresiones e interrogantes, encontraba una razón por la que seguir viva.

Los Reyes Magos volvieron aquel año a Oriente dejando unos regalos que Elsa no había pedido. Eran muchas las incertidumbres y muy terribles las realidades: tener que pedir ayuda para todo, estar sondada las veinticuatro horas del día, tener que usar los brazos para mover las piernas. Hasta los gestos más cotidianos habían convertido a Elsa en una esclava de la ayuda de enfermeras o de su madre, que no se separaba de su cama. La aterraba tener que lidiar con úlceras, infecciones urinarias, escaras, anemias, fiebre. Y así mil situaciones desagradables más que no se veía capaz de sobrellevar.

Contrariamente a las esperanzas de Pilar, ni en su familia ni en sus amigos encontraba Elsa la solución a su desdicha y los días se hacían interminables. Su hija apenas hablaba y, cuando lo hacía, sus palabras se convertían en cuchillos que atravesaban sin compasión el corazón de Pilar, que cada vez confiaba menos en que pudiera hacer algo para ayudar a su hija.

Aunque las visitas eran continuas, Elsa se negaba a atenderlas. Prefería estar sola y perderse en ensoñaciones inducidas por los calmantes en las que siempre aparecía caminando, incluso corriendo. Eran sus momentos, los únicos en los que no se lamentaba de seguir con vida. Solo en sus sueños recuperaba la calma y su bienestar. Por eso nunca quería que la despertaran. No era consciente de lo desagradable y déspota que podía llegar a ser si lo hacían, pero su madre aguantaba estoicamente, aunque con una pena infinita en el alma.

Roberto intentaba hablar con Elsa, pero la veía más lejos que nunca. Sus esfuerzos por hacerle más llevadero ese trance parecían ser en vano porque ni una sonrisa ni una simple mueca de agradecimiento aparecían en el rostro de su hermana revelando que, aunque muy lentamente, iban por el camino correcto.

—Elsa, tienes que animarte.

—Todos lo veis muy fácil.

—Si no pones de tu parte...

—¿Crees que no hago suficiente?

—No estoy diciendo eso.

—Sé que lo pensáis.

—Creo que de nada sirve quedarte lamentándote, han pasado ya casi tres meses desde el accidente.

—¿Estás diciendo que ya es hora de que asuma lo que me ha ocurrido?

—Solo digo que ser un poco positiva ayudaría mucho.

—¿Positiva? ¿Tú podrías serlo en mi lugar? Que sea positiva, dice. ¡Cómo puedo serlo con lo que me espera!

—Elsa, tranquilízate.

—No me digas que me tranquilice. Estoy harta de que todo el mundo me diga que voy a recuperarme y que voy a estar bien para acto seguido salir por esa puerta y decir: «¡Pobre chica!».

—Eso es lo que tú crees que dicen.

—Lo piensan.

—No digas tonterías, Elsa.

—Nadie me comprende y vosotros tampoco.

—¡Claro que sí! ¡Nos ponemos en tu lugar! —Roberto trataba de contener el malestar que le provocaban las palabras de Elsa porque sabía que su hermana necesitaba desahogarse.

—Nadie puede ponerse en mi lugar. Después de estar aquí con cara de lástima para cumplir con el compromiso de visitar a una inválida, todos se van andando. Menos yo.

—Queremos ayudarte a sobrellevarlo. Juntos.

—Yo soy la única que tiene que sobrellevarlo. Vosotros tenéis que seguir vuestras vidas.

—Estás siendo muy injusta. —Las palabras de Elsa empezaban a herir a Roberto en lo más profundo de su alma.

—Injusto es lo que me ha ocurrido. —Elsa no podía reprimir las lágrimas.

—Sé que pronto estarás bien. —A Roberto se le partía el corazón al ver a su hermana así.

—¡Y tú qué sabes! —De pronto la rabia contenida devoraba sus lágrimas.

—Porque vamos a estar unidos para que las barreras que hoy puedan parecer insalvables vayan desapareciendo. —Roberto intentaba calmarla, pero le resultaba francamente difícil. No iba a poder reprimir sus ganas de gritar e incluso de dar un puñetazo a la pared.

—Tú no vas a tener ninguna barrera que saltar, eres guapo, tienes una novia que te quiere, trabajo. Tu vida es modélica, hermano.

—¡Basta ya! —gritó Roberto enfurecido. Elsa enmudeció—. ¿Crees que a los demás no nos afecta? ¿Crees que mamá no sufre al ver que no mueves un dedo por recuperarte? Cada lamento tuyo es una puñalada en su corazón. Estoy harto de fingir que todo está bien, que llevamos lo que ha ocurrido con dignidad, que tus suspiros no duelen o que aguantamos tus quejas estoicamente cuando lo que realmente me apetece es decirte que espabiles, que la situación no va a cambiar por mucho que despotriques y te autocompadezcas y que nadie tiene la culpa de lo que te ha ocurrido. Estoy harto de morderme la lengua con cada desprecio tuyo. No puedes andar, eso ya lo sabemos, pero ¿acaso eso te da derecho a tratar mal a la gente que solo quiere ayudarte? Mamá está teniendo mucha paciencia contigo pero a mí ya se me ha agotado, así que si no quieres volver a tener una vida, es tu problema, pero, por favor, no arrastres a nuestra madre que ya ha tenido bastante. —Roberto no dio pie a la réplica, salió de la habitación de inmediato. Temía que si se quedaba diría cosas aún más fuertes de las que podría arrepentirse.

Elsa se quedó sola. Llorando y recapacitando acerca de todo lo que Roberto tenía guardado. ¿Así era como la veían? Una tirana ingrata que abusaba de su familia. No había sido consciente de aquel lamentable papel hasta ese momento. Agradecía que hubiera sido su hermano quien le hubiese obligado a darse cuenta de lo que estaba pasando. Pensó que el momento de las lamentaciones debía llegar a su fin. Pero quizá era demasiado tarde. ¿Cómo iba a lograrlo?

Lo primero que hizo fue aceptar ver a las amigas que iban a visitarla. Si seguía encerrada en sí misma, lo último que lograría sería retomar su vida. A pesar de sus buenas intenciones, su moral seguía bastante tocada.

—No tengo tan claro que Elsa consiga adaptarse a una silla de ruedas. La veo tan indefensa y debilitada. Lo que le ha pasado es una putada y de las gordas —le comentó Martina a Sofía después de una triste tarde en el hospital intentando animar a su amiga.

—Ahora no es momento de elucubrar acerca de lo que es justo o no es justo —la interrumpió Sofía.

—Lo único real es que nuestra amiga ya no podrá hacer un montón de cosas —continuó Martina.

—¡Cómo que no! Elsa es fuerte, confío en ella. Hay mucha gente que en su situación consigue retomar su vida e incluso ser más feliz de lo que era antes —dijo Sofía—. Ojalá que pueda asumir cuanto antes su nueva realidad. Estoy segura de que volverá a sonreír, aquí no se acaba el mundo. Nosotras vamos a estar a su lado para recordárselo.

—Por supuesto que no la vamos a abandonar —afirmó Martina titubeante, como autoconvenciéndose—; la trataremos como siempre, que no se sienta diferente. Iremos al cine, incluso a bailar. ¡En el Sunset no hay escaleras!

A los pocos meses del accidente, cuando Elsa empezaba a mostrarse algo más positiva y ya no había nada más que diagnosticar, la trasladaron al hospital de parapléjicos de Toledo. Allí empezó a ver a otras personas, algunas más jóvenes que ella, en su misma situación. El problema era que no se identificaba con ellas. Solo con oír mencionar la palabra «discapacidad» su piel comenzaba a erizarse. Nunca perdía la esperanza de volver a andar, de hecho aquella idea se convirtió casi en una obsesión y a todo el que entraba en su habitación le advertía:

—Nada de penas y lloriqueos. Se acabó el lamentarse porque yo de aquí salgo andando —sentenciaba con total seguridad.

Esa confianza rompía el corazón a Pilar, que sabía a ciencia cierta que eso no ocurriría. Pero no veía conveniente bajar a la joven de su nube.

—Mira, mamá, acércate a mi pie izquierdo, ¿a que muevo el dedo gordo? —preguntaba Elsa los días en los que se despertaba más animada.

—Sí, hija, a ver, hazlo otra vez —mentía Pilar, que no captaba el movimiento por ningún lado.

El caso era que aquel pequeño espejismo apartaba por un momento las lágrimas del dulce rostro de Elsa cuya piel, poco a poco, iba recuperando su color habitual.

Sofía y Martina iban todas las semanas a ver a su amiga y acababan siempre contando cotilleos del Sunset, su lugar de reunión los fines de semana. Otra persona que solía arrancarle muchas sonrisas era uno de los que trabajaban en su discoteca favorita, Mantis, quien fuera del club prefería que lo llamaran por su nombre real, Rubén. Había empezado como Drag Queen y ahora se dedicaba a encarnar nuevos personajes más creativos. Ya no se vestía de mujer con pelucas inmensas y taconazos imposibles, sino que lucía una imagen andrógina muy llamativa. Era una de las principales atracciones de la sala, no en vano su carisma le convertía en foco de todas las miradas. Hasta las luces de la discoteca parecían seguirle y encumbrarle solo a él. Destilaba puro arte y una magia de la que carecían el resto de bailarines.

Visitaba a Elsa siempre que sus múltiples ocupaciones se lo permitían. Nunca le faltaban anécdotas que contar a su amiga con tal gracia y desparpajo que las risas de Elsa se oían por toda la planta.

—Nena, deja de reírte con mis bobadas y recupérate pronto que se te echa mucho de menos. Además, estoy de hacer tantos kilómetros hasta el mismísimo co...

—¡Rubén!, ¡que estamos en un hospital!

—Ya, ya, y menudos médicos hay, por cierto. ¡He visto cada uno...! ¿Cómo sería montárselo en una sala de...?

—¡Contrólate, cari! —Elsa no paraba de reír, y ese era precisamente el objetivo de su amigo.

—Que estoy muy necesitada, Mari.

Rubén también la acompañaba por los jardines del hospital y, cuando Elsa se despistaba, agarraba fuertemente la silla y se la llevaba a todo correr por los alrededores, cosa que a ella le encantaba, aunque estuviese terminantemente prohibido. El caso es que, cuando se juntaban, siempre tenían que dar la nota. Pilar les observaba desde la ventana de la habitación y su corazón volvía a sonreír. Decía que eran igualitos, que estaban cortados por el mismo patrón.

Las visitas de Rubén resucitaron ese lado osado, divertido y burlón que ambos compartían. Parecía que poco a poco Elsa volvía a ser la misma. Aunque no terminaba de asumir que solo empezaría a superar sus limitaciones cuando aprendiera a manejar la silla igual que manejaba sus piernas.

—¡Si es que no me quiero acostumbrar a ella, mamá, lo que quiero es volver a andar!

Pilar tenía siempre presente los ejemplos a los que mirar cuando le entraba el bajón. El del director de su banco y el de la hermana de su amiga de la infancia. Se los tenía guardados como el que guarda un as en la manga y pensaba sacarlos cuando fuera el momento más apropiado. Pero se temía que Elsa no fuera capaz de identificarse con dos personas mayores que ella que se habían amoldado a la perfección a vivir sobre una silla de ruedas. Por eso, de momento, Pilar se limitaba a dar conversación a su hija y no separarse de ella salvo cuando se lo pedía. Entonces, aprovechaba para hablar con padres y madres de otros lesionados con el objetivo de seguir captando y almacenando buenas energías que pudiese transmitir a su hija cuando estuviera en disposición de afrontar su realidad.

Tuvieron que pasar casi cuatro meses desde la fecha del accidente para que Adolfo se decidiera a llamar.

—Elsa, siento no haber aparecido antes, me enteré por casualidad. ¿Cómo estás?

—¡Ah!, bien, deseando salir del hospital. —Elsa trató de disimular su sorpresa.

—Tenía que haberte llamado antes.

—No, ¡qué va! No te preocupes. Todo bien por aquí. —Elsa se alegraba de que no la hubiera llamado antes. No soportaba despertar pena, y mucho menos en Adolfo.

—No sabes cuánto me alegra escucharte. —A Adolfo no le salían las palabras. Solo ponerse en la piel de su exnovia le hacía temblar.

—¿Tú qué tal?

—Como siempre, trabajando mucho y acordándome de muchas cosas. Elsa..., no quiero que te quede un mal recuerdo de mí.

—Un poco tarde para eso, ¿no crees?

—En realidad yo te llamaba para decirte que no te sientas sola, que me puedes llamar para lo que quieras, aunque me haya comportado como un auténtico capullo.

—¡Vaya! Jamás pensé que admitirías algo así. Sí que has cambiado, sí.

—Lo que te ha pasado me ha hecho reflexionar mucho.

—Descuida, que lo mío es algo pasajero. Pienso salir de aquí por mi propio pie.

—Bueno, Elsa, cuídate y ya sabes, aquí estoy.

—Te lo agradezco, Adolfo. —A Elsa, después de todo, la alegró aquella llamada. Por mucho que tuviera que reprochar a Adolfo, había sido su pareja durante seis años. Se imaginaba que también tendría que albergar algún buen momento, aunque le costaba verdaderos esfuerzos recordarlo.

En el hospital, Elsa se fue abriendo poco a poco. Conoció a mucha gente, en silla y «estándar», como llamaba Tomás a los que andaban.

Tomás era el padre de Dani, quien, a pesar de no llevar ni un año en el hospital de Toledo y que su lesión fuera a nivel cervical, se había habituado asombrosamente a su nueva situación. Se ganó el cariño de todo el centro con su alegría y optimismo. Todos le conocían y querían estar con él porque, a pesar de sus fuertes limitaciones, tenía un magnífico sentido del humor. Las tardes a su lado eran divertidísimas.

Se partió el cuello cuando, tras saltar desde un acantilado al mar, su cabeza golpeó fuertemente contra una roca oculta, pero salvó la vida gracias a su padre, que se sumergió tras él al ver que tardaba demasiado tiempo en salir de nuevo a la superficie.

A Elsa, aquel padre y aquel hijo le parecían de otro planeta. Ella no era tan optimista, ni lograría habituarse a su silla de una forma tan natural: seguía contando a todo el mundo que lo suyo era algo temporal. No se cansaba de anunciar a los cuatro vientos sus inmensas ganas de volver a caminar.

En cambio, Dani había asumido lo ocurrido desde el principio. Es más, le parecía que haber sobrevivido al accidente había sido un milagro. Era un chico muy intuitivo y percibió de inmediato que sería muy difícil convencer a Elsa de que su realidad nunca cambiaría.

—Elsa, aquí hay mucha información, cada vez hay menos barreras arquitectónicas, si hasta por Internet puedes acceder a las mil actividades que pueden hacerse en silla, deporte, turismo adaptado, ¡lo que quieras!

—Ya, Dani, pero a mí no me importa eso, yo lo que quiero es caminar.

—Pero eso ya no va a ocurrir.

—Quién sabe, la ciencia vuela y las posibilidades de terapia van creciendo.

—Claro que sí, pero ¿es que no piensas vivir hasta que esos avances llamen a tu puerta?

—No me interesa una vida atada a esta silla. Esperaré a la siguiente. En la que pueda volver a andar.

—¿Quieres abrir los ojos? —le espetó Dani exasperado. El ambiente se volvió tenso y a Elsa le entró un repentino calor que la incomodó.

—No sé a qué has venido, pero mejor me dejas sola, tengo muchas cosas que hacer.

—Sigue soñando, Elsa, pero todo ese tiempo que estás perdiendo no va a volver.

Dani salió de la habitación dejando un silencio helador. A Elsa le entraron unas repentinas e irrefrenables ganas de llorar.

Con los ojos inundados de lágrimas y el silencio de la habitación roto por sus gemidos, no pudo reprimir un grito desesperado: «¿Por qué? ¿Por qué a mí?».

Por fin empezaba a expulsar toda la ira y la tensión acumuladas desde el día del accidente. Aquel llanto fue una auténtica catarsis que hizo que cayera rendida hasta el día siguiente.

A media mañana, Dani apareció de nuevo en la habitación para disculparse. Temía que sus palabras hubieran provocado el objetivo contrario a su propósito. Él solo quería echarle un cable, pero comprendía que cuando alguien se obcecaba en no dejarse ayudar era difícil conseguirlo.

—Quizá fui demasiado brusco ayer, Elsa. Lo siento, pero quiero que despiertes a la realidad para que así puedas sacar lo mejor de ella.

—¿Qué hay de bueno en esto, Dani? —se lamentó Elsa señalando su silla.

—Pues tendrás que descubrirlo tú misma, a no ser que prefieras esperar a que un milagro una de nuevo tu médula.

—Pues con la velocidad a la que avanza todo, ¡podrían hacerlo!

—Sé que hay experimentos en los que se ha conseguido que ratas parapléjicas caminasen.

—¿Qué dices?

—¡Buena cosa te he ido a decir! Pues sí, y creo que también salieron a la luz buenos resultados con un mono.

—¿Y por qué no experimentan con humanos? ¡Yo me dejo!

—Ya estabas tardando en ofrecerte. El problema es que si se trabaja con células del propio cuerpo, a veces no interesan los logros.

—¿Me estás diciendo que como no hay beneficio económico que rascar no se va a seguir investigando?

—Espero que no sea así, pero...

—¡Me parece increíble que todo se mueva por el puto dinero!

En aquel momento, la tristeza y desesperanza dieron paso a una furia capaz de hacerle superar todas las barreras. Todo el dolor que llevaba acumulado desde el accidente empezó a disolverse mientras continuaba despotricando sobre la industria farmacéutica, las ortopedias que vendían las sillas y sus accesorios a precio de oro, los gobernantes que recortaban los presupuestos a los investigadores.

Aquel repentino ataque fue sumamente positivo para que Elsa empezara a soltar todo el sufrimiento almacenado. En sus ojos se advertía un pequeño brillo de determinación que prometía convertirse en una poderosa luz.

A partir de entonces, los médicos, que habían advertido su nuevo talante, insistieron en la importancia de que Elsa volviera a retomar su vida, que hiciese las cosas que hacía antes y se aplicase en el aprendizaje del uso de la silla de ruedas para abandonar lo antes posible el hospital.

Los días pasaban y con ellos el dolor dejaba paso a la adaptación. Elsa aún no estaba convencida de poder volver a hacer muchas de las cosas que hacía, pero albergaba la ilusión de volver a casa, aunque tuvieran que buscar otra más accesible.

Un día especialmente caluroso, aburrida, encendió la tele. Lo primero que apareció fue un programa de denuncia que exponía el caso de un hombre que a causa de una lesión medular no podía salir de su casa ya que vivía en un quinto sin ascensor. La reportera lo presentaba así:

—Manuel, de tan solo cuarenta y ocho años, lleva tres postrado en una silla de ruedas.

—¿Cómo que postrado? —saltó Elsa—. No puedo creer que hasta los periodistas nos conviertan en víctimas. ¡Yo no estoy postrada! ¡A lo mejor la que está postrada en una vida vacía y sin ilusión es ella! A ver cuándo empezamos a darnos cuenta de la importancia y la fuerza que tienen las palabras. Así no me extraña que existan personas con discapacidad que se sientan apartadas de la sociedad, somos «las postradas» —dijo en tono sarcástico.

—Hija, no te lo tomes así, es una expresión —terció Pilar.

—Mi hermana tiene toda la razón —intervino Roberto.

—Sí, solo una expresión, pero que hay que empezar a cambiar porque las expresiones tienen el poder de convertir su significado en realidades. Por culpa de esa expresión, precisamente, muchas personas que están en silla se sienten verdaderamente postradas. —Elsa estaba poseída por un espíritu reivindicativo.

—No había caído yo en la magnitud del asunto, hija —reconoció Pilar asombrada por la repentina indignación de su primogénita y por aquel despliegue de energía.

—Pues empecemos por tratar a las personas como se merecen y a utilizar palabras positivas y, las críticas, constructivas, ¡por favor!, que para destructivas ya tenemos demasiadas desgracias.

—¡Eso digo yo! ¡Ole mi hermana! ¡Qué discurso! Dame el mando que lo cambio ya mismo. —Rober cambió de cadena para ver las motos, cosa que no se perdía por nada del mundo.

—No, Rober, otra vez las motos no —empezó a protestar Elsa, pero se calló al ver que la carrera había terminado y estaban entrevistando al ganador. La joven se quedó sin poder articular palabra al ver la cara de aquel chico. Roberto, al comprobar que la prueba había finalizado, cambió de canal como su hermana había pedido—. ¡Qué haces! ¡Vuelve, Roberto! ¡Pon de nuevo las motos!

—Pero ¿no decías que lo cambiara? ¡Me estás volviendo loco! ¿No estabas harta de las motos?

—¡Ponlo te digo! —Cuando volvió la imagen del chico que, sin que ella lo supiera, acababa de conquistar su corazón, a Elsa apenas le dio tiempo a leer su nombre—: Hugo Herranz, campeón de Moto GP—. ¡Me he enamorado! —exclamó entre risas.

—Ese tío es un crack.

—¡Es guapísimo! ¡Y cómo habla! —Lo que parecía una broma empezaba a parecer un flechazo en toda regla—. ¡Le tengo que conocer!

—Me temo que lo tienes un pelín difícil —dijo Roberto.

—Hija, hoy parece que todo cambia, ¡vuelve nuestra Elsa de siempre! –exclamó su madre.

Pilar no podía creer que el ánimo de su hija estuviera dando un giro tan radical. No solo había dejado de llorar. Estaba guerrera, reivindicativa y, ahora, ¿enamorada? Se alegraba de ver de nuevo a su hija suspirar por algo que nada tenía que ver con el dolor o la angustia. De pronto le vino a la cabeza un texto de su cantante favorito, John Lennon, en el que decía algo así como que «cuando estés muy enamorado de ti, vas a poder ser muy feliz y te vas a enamorar de alguien». Solo imaginar que por fin su hija empezaba a quererse ensanchaba el corazón de Pilar.

hacer más ancho-

Elsa se vio a sí misma como una de esas *groupies* que se enamoran perdidamente de su cantante favorito y se sintió estúpida. Nunca había perdido la cabeza, y mucho menos las maneras, por los artistas a los que admiraba, pero con aquel atractivo deportista fue distinto. Era como si le conociera de antes. Su mirada, su forma de expresarse, su rostro. Además de sentirse poderosamente atraída por él, le resultaba familiar, como si le conociera de siempre, y eso hacía que surgieran en ella motivos por los que luchar.

—Bienvenida al club de los flechazos —dijo Roberto en voz baja mientras su hermana seguía absorta en la tele. Había desaparecido ya la imagen de aquel hombre maravilloso, pero Elsa seguía con la mirada perdida aún en el recuerdo del motorista que reunía todas las características del hombre de sus sueños.

Las siguientes visitas de sus amigas fueron mucho más animadas. Por fin pudieron comprobar que Elsa recobraba sus ganas de hablar y de discutir, su simpatía y su genio. A todos les encantó la noticia de su flechazo. Sofía pensó incluso en localizar al motorista en cuestión para que fuera a visitarla al hospital. Eran muchos los deportistas famosos que se acercaban al hospital de Toledo a dar ánimos a alguna de las personas ingresadas, sobre todo si se trataba de un fiel seguidor. Lo hacían por solidaridad y porque a los que se dedicaban al motor en particular les resultaba desgraciadamente familiar el mundo de la discapacidad.

El problema fue que el tal Hugo jamás contestaba. Sofía utilizó todas las formas que se le ocurrieron: rastreó su página web y lanzó mensajes en todas las redes sociales en las que coincidía con su nombre, pero nada. Seguramente estaría demasiado ocupado con sus entrenamientos como para enterarse de lo importante que era para Elsa llegar a conocerle algún día.

Tras una de las visitas de sus amigas, Elsa y su madre iniciaron una conversación que para Pilar fue la confirmación de los progresos de su hija para ganarle la batalla a la depresión.

—Elsa, hija, estás muy callada, ¿en qué piensas?

—En lo increíble que es la vida.

—¿Por?

—Antes del accidente, sentía que la vida era una gran verbena, pero que yo no podía disfrutarla porque no tenía fichas que poder meter en las atracciones en las que la gente no paraba de reír.

—No te entiendo —dijo Pilar reclamando más explicaciones y menos metáforas.

—Que no encontraba del todo sentido a mi existencia, como si nadie me hubiera invitado a disfrutar de esa celebración en la que muchos reían y disfrutaban sin cesar.

—No sé a dónde quieres llegar. Sé un poco más explícita.

—Mamá, yo no era feliz.

—Pensaba que con Adolfo...

—No, mami, pasaron cosas. —Elsa no quería recordar nada de su vida anterior—. Pero ahora que aquella etapa ya está superada, reconozco que no tenía la ilusión por vivir que tendría que tener una chica de mi edad.

—Pues no entiendo por qué no.

—Lo de papá, la falta de ilusión. Había días en los que me sentía tan desgraciada... Además me preocupaba demasiado por cosas que no estaban a mi alcance y eso me impedía disfrutar de lo que sí tenía.

—Eso nos pasa a muchos.

—No valoraba lo sencillo y lo cotidiano que ahora, desde esta cama, tanto echo de menos.

—Hija... —Pilar no sabía que decir.

—¿Te das cuenta de cómo ha cambiado mi vida?

—Sí, hija —dijo Pilar con tristeza mirando la silla de ruedas que estaba a los pies de su cama.

—No me refiero a eso, mamá. Hablo de que el accidente me ha hecho reflexionar.

—Desde luego que de todo se aprende, pero...

—Mamá, en esta última etapa... —Elsa se frenó bruscamente antes de decir algo que pudiese herir la sensibilidad de su madre— me he dado cuenta de que no estaba viviendo la vida que había soñado tener. —Su madre abrió los ojos extrañada—. He cometido muchos errores, pero creo que ahora la vida me da una nueva oportunidad.

Pilar no salía de su asombro. No quiso soltar palabra, al fin y al cabo, su hija se estaba desahogando y esperaba que no necesitara aprobación ni respuesta, porque Pilar no estaba para opinar: probablemente habría muchas cosas que no sabía acerca de la vida de su hija, pero lo que no entendía era que pudiera considerar su discapacidad como una segunda oportunidad. Desde luego, Elsa había cambiado sustancialmente su forma de ver las cosas.

Ante la sorpresa de todos, incluida la suya propia, Elsa decidió un día que no iba a ser una discapacitada toda su vida. Que tenía muchos años por delante y que no iba a rendirse. Jamás hubiera imaginado que pensaría así en tal situación. De hecho, si le hubiesen preguntado antes del accidente qué haría si se quedara en una silla de ruedas, habría dicho mil y una barbaridades, pero nunca que saldría adelante. Ahora por fin sabía lo que quería. Era la hora de enfrentar la vida real y quería demostrar que valía más de lo que muchos, incluida ella misma, creían.

Sobre todo esto reflexionaba frente a la ventana de su cuarto. A través del cristal podía notar el calor del sol sobre su piel. Eso le hacía sentirse bien. Ya estaba avanzada la primavera y con ella muchos pensamientos fríos como témpanos comenzaban a derretirse. El cielo se había deshecho de las nubes del invierno y el calor daba a Elsa una energía que creyó no volver a poseer nunca. Y eso fue el presagio de que por fin se le iba a abrir una puerta inesperada para conseguir sus sueños. Por de pronto, la que se abrió de verdad fue la puerta de su habitación.

—Hola, venía a ver a Elsa. Ella no me conoce, pero seguro que se alegrará de lo que le voy a contar —dijo una dulce voz.

—¡Claro! ¡Pasa, pasa! —accedió Pilar, sorprendida a la par que emocionada.

—¿Quién es, mamá? —preguntó Elsa.

—Una chica muy guapa que quiere conocerte —respondió Pilar desde el pasillo.

Elsa se incorporó ligeramente en la cama. Tenía una gran curiosidad por ver quién había ido a visitarla, ya que quedaban algunos minutos para la comida, y sus amigas, a esa hora, estaban trabajando. Lo primero que asomó por el pequeño pasillo que conducía a la puerta de la habitación, fueron unos bonitos zapatos sobre el reposapiés de una silla de ruedas futurista provista de unas pequeñas lucecitas intermitentes situadas en las dos ruedas pequeñas. Una larga melena rubia enmarcaba la cara más dulce que Elsa había visto en su vida.

—Hola, me llamo Alicia, tengo veintisiete años y desde los doce mi vida va sobre ruedas. —Una enorme y contagiosa sonrisa dibujó su rostro. Elsa se quedó muda—. He venido a hablarte del esquí adaptado. No sé si sabes lo que es —continuó Alicia.

—Ni idea —reconoció Elsa.

—Lo imaginaba. Pues necesitamos mujeres para el equipo de la Fundación También.

—Pues cuéntame. —Elsa abrió los ojos expectante.

—Se trata de una fundación que promueve la integración de las personas con discapacidad a través del deporte adaptado —prosiguió Alicia—. No sé si hacías deporte, pero es para que sepas que puedes seguir haciéndolo. —La cara de asombro de Elsa hablaba por sí sola.

—Siempre me ha gustado, pero desde que tuve el accidente ni me lo planteo.

—Por eso he venido, ojalá te guste y te enganche como a mí. —El buen ánimo de Alicia era irresistible.

—Aquí, en el hospital, hay un grupo de gente que juega al baloncesto en silla.

—Lo conozco, no soy muy buena, la verdad. Me cuesta llegar a la canasta —dijo la encantadora rubia soltando una carcajada.

—Eso mismo me pasa a mí. Lo veo imposible. ¡La canasta está igual de alta que para jugadores que miden dos metros! —Las dos se miraron con cara de complicidad.

—Además de esquiar, que ojalá te guste, practicamos piragüismo, *handcycling*...

—¿Hand.. qué?

—*Handcycling* —dijo Alicia tras una nueva carcajada—: Son bicicletas adaptadas. Llevamos tres ruedas en lugar de dos, dos atrás y una delante. En el manillar están los pedales y si «pedaleas» en sentido contrario, o sea hacia ti, frenarías.

—¡Qué divertido!

—Y también hay carreras y competiciones paralímpicas. ¡Podrías llegar a competir en el deporte que elijas!

—No estaba pensando yo en eso, la verdad. ¡Ni siquiera he pisado la nieve en mi vida!

—Mejor, así todas las sensaciones sobre la nieve serán nuevas para ti e interiorizarás antes los movimientos.

—Aún no he dicho que vaya a intentarlo.

—¡Ah! Perdona, me he dejado llevar por mis propios intereses.

—No me imagino compitiendo. Aún no sé hacer ni un caballito con la silla.

—Queremos algo así como jóvenes promesas.

—Bueno, eso de joven... —dijo Elsa chistosa.

—En el esquí en silla no hay límite de edad.

—Podría intentarlo —dijo Elsa sin poder disimular su cara de felicidad. Aquella chica que se había colado en su habitación era una caja de sorpresas, no paraba de decir cosas que alentaban la ilusión y las ganas por terminar la rehabilitación y comenzar a enfrentar todas esas nuevas aventuras.

—Bueno, ahora lo que tienes que hacer es recuperarte del todo y salir de aquí. No sabes la de recuerdos que me trae este hospital.

—¿También estuviste aquí?

—Sí, es donde suelen traer a gran parte de las personas con lesión medular.

—Tengo que reconocer que he conocido a gente increíble.

—Desde luego, si los que se rinden a la primera se dieran una vuelta por aquí, se avergonzarían de no querer luchar. Bueno, ya sabes que hay cantidad de cosas que puedes hacer.

—Sí, no sabes cuánto te lo agradezco. No sé qué decir.

—Di que lo probarás.

—¡Claro que lo haré! —Volvieron a sonreír a la vez.

Cuando Alicia salió de la habitación, había en Elsa un sentimiento extraño. Estaba asombrada por la visita que acababa de recibir, sorprendida de que una mujer en su situación pudiera ser feliz y, además, transmitir tanta alegría.

A Dani le creía, pero a Alicia, que llevaba quince años en una silla de ruedas, más aún. Además era mujer y muy atractiva. Antes de conocerla, Elsa se torturaba pensando que no habría nadie que pudiese sentirse atraído por una chica cuyas curvas más llamativas eran las de las ruedas de su silla. Ahora, sin embargo, no dudaba de que de Alicia y de su luz podría cualquiera enamorarse locamente. Y eso le abría a ella muchas esperanzas.

En su cabeza se agolparon multitud de interrogantes: ¿deporte?, ¿normalización?, ¿esquí adaptado? De todas esas preguntas florecieron nuevos sueños, nuevas ilusiones, nuevas esperanzas. Aunque lo de esquiar lo tenía clarísimo: no estaba dispuesta a probarlo, siempre había sufrido de vértigo así que ni loca iba a tirarse por una de esas montañas nevadas y mucho menos sentada, pero aun así se quedó pensativa el resto del día.

Todas las ilusiones que llenaban la vida de Elsa de color esperanza se desvanecieron el día que salió por primera vez a la calle. Cuando por fin le dieron el alta, lo que más deseaba era instalarse en la nueva casa sin escaleras que Pilar había alquilado. Sin embargo, el primer escalón tuvo que salvarlo nada más llegar al nuevo barrio: fueron las miradas compasivas de los vecinos, que no se esperaba y a las que pensaba que nunca se acostumbraría. No le importaba llamar la atención, pero detestaba despertar lástima. Estaba sana, tenía una familia que la apoyaba, lo único que ocurría es que no podía andar. ¿Por qué tenían que lanzarle miradas de «pobrecita»?

Lo que peor le sentó fue que una señora mayor se acercara a ella, la cogiera de las mejillas como a una niña de cuatro años y le hiciera carantoñas.

—Hija, pobrecita mía.

—Oiga, señora, que yo estoy muy bien, quizá la que dé lástima sea usted.

Pilar no sabía dónde meterse. La señora se alejó espantada y Elsa pensó que si la gente no sabía comportarse ante una persona que va en silla de ruedas, ella no iba a tener ningún problema en enseñarles cómo hacerlo. Así, cuando alguien en vez de hablarle directamente se dirigía a la persona que le acompañaba para preguntar algo que le concernía a ella no tenía empacho en espetarle: «Estoy en una silla, pero no soy sordomuda», o «Solo me afecta a las piernas».

No entendía por qué la gente no se atrevía a hablar con una persona en silla de ruedas. ¿Sería por miedo o por rechazo? Lo único que quería era que la siguieran tratando como antes. Que aunque la altura de sus ojos fuera otra, ella seguía siendo la misma de siempre. O al menos eso pretendía. Aunque por dentro había cambiado decisivamente, por fortuna para mejor.

Además de acostumbrarse a las miradas de compasión y la falta de solidaridad de algunas personas, Elsa tuvo que aprender a cargar con el lastre en el que se habían convertido sus piernas. La sensación más extraña la vivió en la piscina. En el agua el cuerpo flota, pero sus piernas la obligaban a hacer un esfuerzo mayor para poder avanzar. Fue difícil aprender a nadar, pero acabó adicta al agua. Se sentía independiente y, además, daba por bueno cualquier esfuerzo que la ayudara a deshacerse de la silla de ruedas, aunque fuese por unos minutos: le sabía a gloria.

Las piernas también le estorbaban cada vez que tenía que ir al baño, tumbarse en la cama o subir a algún coche, sobre todo si era alto. En esos casos se veía obligada a pedir ayuda, algo que detestaba.

Pero poco a poco se fue acostumbrando a cargar con ese peso muerto. Con el tiempo las quejas fueron desapareciendo. Supo que tenía por fin la silla integrada en su vida el día que se despertó recordando a la perfección el último sueño de aquella noche. Soñó que paseaba por un parque con más personas a las que no vio las caras, y que ella iba sobre ruedas. Le encantó saber que todo empezaba a colocarse y que su realidad no era tan terrorífica como un día imaginó.

Su primera batalla importante la libró en la calle. En su nuevo barrio era toda una proeza encontrar aparcamiento, sacar la silla, montarla, sentarse en ella y dar con una acera transitable para volver a casa. Que si un camión en un vado, una moto en la acera, una farola en el medio del paso.

Todo aquello la enfadó de tal manera que lo primero que hizo fue llamar al ayuntamiento para que le concedieran una plaza de aparcamiento para minusválidos en el mismo portal. Tampoco dudó en llamar a su autoescuela para sacarse un carnet de conducir adaptado a las nuevas condiciones. Y lo mismo hizo con su coche, que por suerte no tuvo que cambiar ya que era automático. Lo llevó al taller para poner un mando a la derecha del volante que hacía las veces de acelerador si tiraba de él, y de freno cuando empujaba. Tuvo que aprender a hacerlo suavemente, ya que en las nuevas clases de conducir, apretaba con tal ímpetu la palanquita que tanto el profesor como ella a punto estuvieron más de una vez de empotrarse contra el salpicadero.

Estaba decidida a no tener que depender de nadie para ir donde quisiera.

Al principio, nadie respetaba su plaza, lo que provocó muchos malos momentos.

—Perdona, ¿no te has fijado que es una plaza para discapacitados? —dijo un día Roberto a una chica que estaba a punto de bajarse del coche que había aparcado en la plaza de su hermana.

—Es solo un momento.

—Ya, eso decís todos, pero estamos esperando a la persona que solicitó esta plaza, vendrá en cualquier momento.

—Llevo una hora dando vueltas, es solo un minuto.

—Probablemente el minuto en que mi hermana aparecerá y tendrá que irse a aparcar al quinto pino.

—Bueno, me voy, pero no entiendo por qué tienen que tener preferencia.

—Ojalá no tengas que saberlo nunca. —A Roberto le entró un calor repentino por todo el cuerpo y solo con gran esfuerzo pudo contener la furia y morderse la lengua.

Y como aquella se produjeron mil situaciones similares. Que si solo voy a sacar dinero al cajero, que si estoy esperando a alguien, que si ahora mismo lo quito. Siempre había algún motivo para que cualquiera utilizara la plaza de aparcamiento de Elsa. Siempre alguna razón para que Roberto acabara discutiendo con algún desaprensivo. Y todo porque nadie era capaz de ponerse en el lugar de su hermana. Pilar procuraba que no se sulfurase tanto.

—Rober, no te pongas así. Los que aparcan en los lugares reservados para personas con discapacidad, lo hacen porque no se dan cuenta —le decía su madre.

—Pero si está señalizado, ¿cómo no se van a dar cuenta? —preguntaba Elsa.

—La gente va a lo suyo, ya acabarán acostumbrándose.

—Eso espero, porque cada día es una nueva historia y empiezo a estar más que harto —insistía Roberto.

—Ya lo verás.

—La próxima vez no espero a que me cuenten la misma excusa, ni un momentito ni nada, llamo a la policía y asunto resuelto. Con las multas que están poniendo los municipales, ya pueden pensárselo dos veces antes de aparcar donde no deben. —Su hermana asentía, ¡cuánto admiraba a su hermano y cuánto estaba significando en su nueva vida! Se entristecía por haberle ignorado casi por completo durante los años anteriores.

Casualmente, uno de los días que volvía Elsa sola a casa, encontró su plaza ocupada por un coche que no tenía la tarjeta de minusválidos. Lanzó un taco y se acordó de su hermano. ¡Qué razón tenía! Pero se apiadó del insolidario conductor y le dio reparo llamar a la policía. Decidió dar un par de vueltas antes de que aquella persona se quedara sin coche, tuviera que pagar una cantidad por sacarlo del depósito que, dados los tiempos de escasez que corrían para todos, quizá no tuviese, y tener además que abonar después la multa.

Se puso a dar vueltas y los únicos dos sitios libres que encontró eran en batería. Imposible aparcar en uno de ellos ya que el espacio que quedaría entre su coche y el contiguo sería insuficiente para abrir completamente la puerta, bajar la silla, montar las ruedas como le habían enseñado, hacer la transferencia a la silla y cerrar la puerta. De nuevo barreras y esta vez sin una ayuda caritativa a la que agarrarse.

Justo cuando estaba decidida a volver a su calle, llamar a la policía y esperar a que retirasen aquel coche de su plaza, vio que quedaba libre un aparcamiento en línea. Tuvo que hacer un brusco y repentino cambio de sentido para que la acera le quedase en el lado del conductor y poder bajarse sin correr el riesgo de ser atropellada.

Elsa llevó a cabo todo el proceso repitiendo mentalmente los movimientos correctos, paso a paso, pero sin la agilidad y la destreza propias de quienes llevan años practicando la operación. Le faltaba soltura, pero era cuestión de tiempo. Lo acabaría automatizando. Se quedó contenta por haberlo conseguido por primera vez sin ayuda alguna. Siguió por esa acera un buen rato porque no había sitio por el que cruzar. Coches y más coches. Por fin un paso de cebra a la vista. Cuando lo hubo alcanzado se percató de que el espacio reservado para pasar, delimitado además por dos bolardos, estaba ligeramente invadido por un coche que apuraba al máximo el hueco entre la fila de automóviles aparcados y el paso de cebra. Elsa se quejó en voz baja. Suspiró y, tras armarse de paciencia, siguió buscando un lugar por el que volver a casa.

Por fin encontró un hueco: no era un paso de cebra pero al menos podría colarse por él para alcanzar el otro lado de la calle. El problema era que ahí el bordillo no estaba rebajado y aún seguía resistiéndosele algo tan útil como era aprender a hacer el caballito. Además no pasaba nadie por la calle a quien pedir que le echara una mano. Estuvo un rato esperando, pero nada. Ni un alma por la calle. Hasta los coches habían dejado de transitar en aquella noche cerrada.

Elsa se armó de valor y decidió ponerse a dos ruedas. Lo hizo con tal ímpetu que dio la vuelta completa y acabó en el suelo con las rodillas en la boca y un fuerte golpe en la cabeza. Mientras pensaba la estrategia para volver a su posición normal, a Elsa solo se le pasaba una palabra por la cabeza: ¡mierda!

Seguía sin pasar un alma. A aquellas alturas, Elsa maldecía al dueño del coche que le había robado su plaza, al que había aparcado ocupando parte del paso de cebra, a sus madres y a todos los que alguna vez habían cometido la misma infracción.

Por fin, optó por intentar una nueva estrategia. Lo primero fue salirse por completo de la silla, sentarse en el suelo y poner la silla volcada en su posición correcta. Ahora estudiaba la forma de subir al asiento sin una ayuda externa. ¡Cómo no habría hecho más caso a los que en el hospital de parapléjicos se empeñaban en tirarla para que aprendiese a levantarse! Allí todos le advertían de que estas cosas podían pasar y que debía aprender a solucionarlas. Pero ella nunca se imaginó a sí misma abandonada a tal suerte, siempre estaba su hermano cerca para librarla de todo peligro. Se dio cuenta entonces de lo protegida y mimada que había estado desde el accidente. Y de que eso no le había beneficiado en absoluto. Suerte que había decidido hacer algo sola. Si no, nunca habría sido verdaderamente consciente de sus limitaciones.

Finalmente y con gran esfuerzo, consiguió sentarse de nuevo en la silla cargando todo el peso del cuerpo en sus brazos. Acabó tan extenuada que tuvo que inspirar y espirar unas cuantas veces hasta recuperar el ritmo normal de su respiración. Su corazón también tardó unos minutos en recuperar la cadencia habitual.

Invadida por un profundo sentimiento de frustración, Elsa siguió avanzando hacia su casa. Deseaba llegar cuanto antes, meterse en la cama y pensar que lo que estaba viviendo había sido solo una pesadilla. Pero ¿cuántas pruebas como esa le quedarían por superar por el resto de sus días? Antes de cerrar los ojos se dijo que si quería evitarlas, tendría que esforzarse todavía más.

Roberto y Pilar se quedaron encantados cuando Elsa les comunicó su decisión de asistir a un centro especializado en personas con lesión medular. En Toledo no quiso atender lo suficiente a los trucos necesarios para realizar con facilidad las labores cotidianas, y no quería más sorpresas.

El primer día, sin embargo, se quedó bastante desmoralizada. Descubrió que debía compartir una enorme sala con un montón de personas y que su intimidad quedaba reducida a unas sencillas cortinas que dejaban pasar hasta los suspiros de los que yacían en camas contiguas.

—Yo no me quedo aquí ni loca —le dijo a su hermano.

—Bueno, prueba un día, ves las instalaciones, las actividades que hay programadas para mañana, y si no te gustan, te vas —le dijo una de las asistentes sociales.

Elsa accedió a regañadientes, pero al final de ese mismo día empezó a sentirse mucho más a gusto gracias a la profesionalidad y simpatía del personal. Al poco tiempo hizo nuevos y buenos amigos, aprendió a recoger cosas del suelo sin riesgo de caerse, a mejorar la conducción de un coche adaptado, a subir y bajar de él con agilidad, a desmontar y guardar la silla en el asiento del copiloto en un tiempo récord, a jugar a baloncesto, a realizar ejercicios que ni había soñado que algún día conseguiría. Hasta comprobó que hacer el caballito era algo sencillo. ¿Por qué no lo habría aprendido antes?

Todo era mucho más fácil siguiendo las pautas que le enseñaron. Solo requería cierta técnica y mucho entrenamiento. Cada vez demostraba más soltura en ese mundo diferente y se sentía más dueña de su «nueva vida», título de una las canciones de su grupo favorito: Destino Silvania. En ciertos momentos, los más difíciles, llegó a identificarse más con *Seguiré,* cuyas estrofas repetía incesantemente en su mente: «No voy a dejar al miedo ser barrera al caminar... seguiré sin perder un instante... mi camino constante... confiando que puedo... ¡seguiré!».

Elsa se fue dando cuenta de que su vida prometía ser mucho más «normal» de lo que llegó a pensar en los duros días posteriores a la salida del hospital. Cuando por fin acabó su «licenciatura» en aquel centro, dio el siguiente paso:

—Hola, Alicia, soy Elsa.

—¡Qué sorpresa!

—Te llamaba porque sé que pronto empieza la temporada de nieve, y bueno, creo que no pierdo nada por probarlo.

Un nuevo camino se abría ante ella.

Recuerdo muy bien el día que conocí a Elsa, una de las esquiadoras más atrevidas, disfrutonas y exitosas de la Fundación También.

Como de costumbre, me acompañaba Juan Pablo al aparcamiento desde donde cada jueves de invierno sale la furgoneta con las componentes del equipo femenino de esquí rumbo al Centro del Alto Rendimiento de Sierra Nevada.

—Chicas, pásenlo fenomenal y entrenen mucho —se despidió mientras terminaba de ayudar a colocar la última silla de ruedas en el maletero. Después me lanzó un beso por la ventanilla y se colocó al lado del conductor—: Por favor, devolvémela enterita.

—Bueno, yo te la devuelvo como me la dejas, ¡que milagros no hago! —Todas las chicas se echaron a reír a carcajadas, la que más, Elsa, una morena pizpireta que no dejó de tomarme el pelo toda la mañana.

Me encantaron su ironía, su espíritu competitivo y las ganas con las que se tiraba por las pistas.

¡Qué felicidad comprobar el profundo y trasformador cambio que el deporte adaptado ayuda a conseguir! Además de satisfacción personal, autoestima y felicidad, para alguien con discapacidad supone normalidad, calidad de vida y salud.

Gracias a las iniciativas que lo promueven y a sus patrocinadores, se está consiguiendo elevar el nivel técnico y deportivo de estas disciplinas, hasta el punto que nuestros equipos obtienen excelentes resultados en las competiciones internacionales; todo ello contribuye a que las personas con discapacidad se lancen a practicarlos. Siempre me ha parecido una forma inmejorable de apoyar la lucha diaria de quienes tenemos que sortear barreras cada día.

Juan Pablo, que ya me conoció compitiendo, me confesó un día:

—Ahora sé cómo se sienten las mujeres de los toreros.

—¡Pero qué exagerado eres!

—Lo paso mal sabiendo que alcanzáis los 70 kilómetros por hora, ¿qué querés que haga?

—¡Si desde que te conocí empecé a ganar carreras!

—¿Y qué tiene que ver?

—Gracias a tu trabajo como coach *deportivo consigo manejar los dichosos nervios del portillón.*

—Yo no hice nada. Fuiste tú. Confiaste en ti y ganaste.

—Tampoco creo que fuese casualidad que el primer oro en unos nacionales llegase ya con nuestro hijo de ocho meses. ¡Y encima el Día del Padre! Para que luego digas que no soy detallista. —Me río porque es cierto que las sorpresas y el romanticismo los pone siempre él.

—¡Claro que la vida personal influye en los éxitos deportivos! —Juan Pablo carraspea y se pone serio para conti-

nuar—: No pienso pedirte que dejes de hacer algo que te apasiona, pero eso no quita para que sufra. ¡Ya te podías haber aficionado al ajedrez! —No pude contener la risa.

—Me recuerdas a mi padre, que tras cada lesión ya cree que voy a dejar de esquiar, o al menos la competición, ¡con lo que me ha costado llegar hasta aquí!

—Por eso mismo te seguiré apoyando y si los consejos que a mí me daban cuando competía en tenis a vos te sirven, ¡bienvenidos sean!

Después de un entrenamiento, cuando nos reunimos para descansar y comentar las peripecias del día, Elsa me confesó que en ocasiones se le complicaba tanto manejar sus largas piernas para entrar en el coche o hacer transferencias, que había pensado más de una vez que lo mejor sería cortárselas. «De verdad, Elsa, ¡qué cosas piensas!», le contesté, pero en el fondo, la comprendo tanto.

Ciertamente, ante ciertas situaciones, funcionalidad es lo único que una se plantea. Eso es lo que nos aporta el ejercicio físico. Es una inmensa alegría que cada vez más gente se esté iniciando en el camino del deporte, tan fructífero, sano y normalizador, y que cada vez más medios de comunicación difundan la voluntad, perseverancia y superación que reflejan las competiciones paralímpicas. Para que en vez de obstáculos veamos trampolines.

Y es que hay obstáculos que nos ponemos nosotros mismos con ciertas actitudes y comportamientos, inconscientemente, por supuesto, pero tan demoledores como una lesión y a veces más irreversibles. Cuántas veces me acuerdo de ese refrán: «El infierno está empedrado de buenas intenciones». Y a la hora de alicatar ese camino al infierno, todos somos albañiles expertos. Eso es lo que le ocurrió a una queridísima amiga de mi madre.

—Mañana viene Julia a casa, la pobre lo ha pasado tan mal.

—Por su hijo, ¿no? La verdad es que Lucas... ¡menudo pieza! A veces, estar sin estudiar ni trabajar a tan temprana edad ¡da para mucho! Y, por lo que contaba, ¡nada bueno! Avísame cuando llegue y subo a verla con el niño.

Es una suerte tener a mi madre solo un piso más arriba. En realidad hemos ganado todos: ella tiene a su nieto cerca y nosotros el privilegio de una «vecina» tan alegre, optimista, dispuesta, amorosa. Eso sin hablar de la ventaja que supone compartir sobremesas, veladas... y, por qué no decirlo, ¡gastos!

—Sí, hija, pasaos, ha sufrido mucho con Lucas.

—Los padres, siendo tan generosos y permisivos, no hacen ningún favor a los hijos.

—Ya, nadie nos enseña a ser padres y, a veces, por querer darles todo, creamos tiranos que no saben tolerar la frustración.

—Eso es lo que me preocupa, la exigencia de los pequeños dictadores.

—Cuando yo era joven también queríamos hacer las cosas antes de tiempo, imitando a los mayores, pero entendíamos que todo llegaría a su debido momento —reflexiona mi madre—. Hoy no se tiene ni la paciencia ni la disposición para esperar.

—¡Pero porque parece que lo de la autoridad y la disciplina son cosas del pasado!

—A mí me lo pusisteis fácil: Virginia fue quizá algo más rebelde, pero tú te conformabas con todo. Hasta cuando te quitaban algo, te quedabas tan pancha.

—Bueno, eso me sigue pasando. —Ambas reímos de mi bien ganada fama de flower power, *como me llama Vir—. ¿Para qué me voy a llevar un disgusto? Prefiero pensar: a esa persona le hace más falta, y se acabó.*

—Sí, hija, también yo creo que sufre más el que quita o hace daño.

«Siempre y cuando la víctima no se sienta víctima», pienso, pero no lo digo. ¿Para qué se lo voy a decir si fue ella quien me lo enseñó?

—Volviendo al tema de la educación, creo que con amor, pero también con autoridad cuando hizo falta, conseguiste que ambas creciéramos, madurásemos y encontrásemos cada una nuestro lugar. ¿Quizá fuera eso lo que le faltó a Julia, un poco de firmeza bien administrada?

—De eso le he hablado unas mil veces. Creo que más que consentimientos inmerecidos o gritos fuera de lugar, lo necesario es disciplina y unas normas que cumplir, pero, claro que sí, ¡con mucho amor!

—Como leí una vez: sin orden, es difícil alcanzar la felicidad.

—Lucas ha vivido demasiado deprisa, y hay que ir paso a paso, exprimir lo mejor de cada edad, pero sin saltarse nada. Vosotras ya sois mayores, pero recuerdo vuestra adolescencia. Tú te compadecías de mí siendo un mico, recuerdo perfectamente aquella frase: «Pobre mamá, que ahora tienes una hija en la edad del pavo, pero pronto tendrás dos». Poco después pasaste medio año hospitalizada. Aquello hizo que esa etapa

de búsqueda de identidad tan difícil para todas las familias quedara reducida a la única preocupación de volver a caminar con tus prótesis y no perder el curso. —Se emociona.

—Mira qué suerte, ¡al final te libraste de una de las dos adolescencias que te tocaban!

—El caso es que tampoco quisimos mimarte demasiado después, porque tenías que aprender a valerte solita, no íbamos a estar ni tu padre ni yo toda la vida ahí para solucionarte los problemas o barreras que seguramente te encontrarías.

—Eso lo agradeceré toda la vida, y también a Vir, ¡menuda caña me metía!

—Pero mira si sirvió...

—Sí, como dice mi querido y admirado Leopoldo Abadía: «Más que preocuparnos por el mundo que dejamos a nuestros hijos, hay que ocuparse de los hijos que dejamos al mundo».

—Eso es lo que yo le decía a Julia.

Lucas

Como cada jueves, Lucas se miraba en el espejo y los minutos se convertían en horas. Parecía que nunca iba a terminar de arreglarse. Tocaba ir al garito de moda y hasta su peinado iba a estar en el punto de mira. O al menos así lo sentía él. Aunque la cuestión de la imagen pareciera ser solo cosa de mujeres, desde que había llegado la moda de los metrosexuales, nadie se escapaba del yugo de la estética, de la moda, del cuerpo. Lucas había convertido el gimnasio en una obsesión. Con diecisiete años, sus únicas motivaciones eran jugar a la Play, machacarse en el gimnasio y mostrar los efectos de las pesas en sus abdominales los fines de semana en los locales de moda.

De momento, sus padres seguían ofreciéndole cama y comida, pero la ropa *fashion* y los perfumes caros a los que era tan aficionado los compraba con lo que sacaba de negocios ilegales; unos trapicheos a los que había empezado a dedicar más tiempo tras un desengaño amoroso. Le iba bien porque era sumamente discreto, al contrario de lo que les había sucedido a algunos de los que un día fueron sus amigos del alma, que acabaron en Soto del Real y otras prisiones. Nunca había ido a verlos, no quería arriesgarse. Su libertad duraría lo que tuviese que durar. Tampoco le preocupaba su falta de ilusión por la vida y de motivaciones para el futuro, y eso le hacía vivir al límite.

Lucas solo se sentía vivo de jueves a domingo. El resto del tiempo pasaba condenadamente lento: los mensajes que recibía en las redes sociales y en su WhatsApp eran los salvavidas que le mantenían a flote. Necesitaba amor, alegría, entusiasmo, pero no lo sabía. Creía que era un privilegiado porque se acostaba con la chica que deseaba cada fin de semana y porque tenía un cuerpo atractivo. «Ya que no he cultivado la mente porque nunca me ha gustado estudiar, cultivo mi cuerpo», solía decir con orgullo.

Las redes sociales y ese modo de «vida compartida», tan de moda, le hacían ser absolutamente dependiente. A menudo perdía la paciencia. Era incapaz de estar menos de cinco minutos sin mirar el teléfono móvil. Sufría si se le olvidaba el cargador y se quedaba sin batería. Necesitaba entrar continuamente en sus cuentas de Facebook y de Twitter para comprobar si alguien había comentado algo, o le había etiquetado en una foto, o había dicho algo de su perfil o le había retuiteado. El mundo virtual se superponía al mundo real, y ese universo ilusorio atrapaba a quien permitía que su vida girara en torno a él.

—¿Qué tendrá el duende de Internet que a todos encandila? —preguntaba la madre de Lucas a una vecina.

—Aparentemente une, comunica, te conecta con personas del pasado o del otro lado del mundo.

—Sí, pero al final una descubre que está más sola que la una.

—Yo creo que es un instrumento único y maravilloso para acceder a la información, tanto laboral como personal, porque ¿qué me dices de los chats?

—¡Anda ya! Ese adictivo cibermundo va comiendo cada vez más ámbitos de la vida real y con lo único que te conecta es con tu soledad —dijo Julia en pie de guerra contra esa tecnología que no entendía y que había abierto un abismo entre ella y su hijo.

—Mujer, visto así. Puede ser —concedió la vecina.

—Te juro que me cuesta entender que las redes sociales sean un medio de comunicación más usado que el cara a cara. —Julia no era capaz de recordar la última vez que había hablado así con su hijo.

—¿Más que el teléfono?

—Sí, hija, sí. Ahora ni se habla por teléfono, se *wasapea*. ¡Díselo a mi hijo! Ya ni recuerdo su mirada, se pasa el día mirando el móvil. Ni en la comida lo suelta.

—Con lo bonito que es mirarse a los ojos.

Lucas no tenía esa habilidad, nunca la había tenido: le costaba mirar a la gente a los ojos. Era de mirada huidiza y cuando tenía que sincerarse con alguien, prefería hacerlo por chat o con su *smartphone*. Aunque escribía con mil faltas de ortografía y acortaba tanto las palabras que sus frases parecían jeroglíficos, se sentía mucho más cómodo, libre y sincero que en persona. Incluso prefería conquistar a las chicas a través de los bits. Las veces que había intentado hacerlo cara a cara, había resultado frustrante: se pasaba tantas horas colgado del teléfono y de Internet, que no había tenido ocasión para desarrollar habilidades sociales. Ni siquiera sabía comunicarse con los suyos, más allá de los gritos o las salidas de tono.

La especialidad de Lucas eran las relaciones cibernéticas. Siempre daba la impresión de que ocultaba cosas, no despertaba confianza, pero él tampoco confiaba en nadie. «No me fío ni de mí mismo», solía decir. Al menos, desde que estaba abducido por Internet, había dejado de ser tan violento en casa. Se encerraba en su habitación y así evitaba las situaciones difíciles. No quería enfrentarse a sus padres.

A su padre apenas le veía, porque trabajaba muchas horas. La teoría de Lucas era que tenía una amante y su doble vida le impedía estar con su familia, sobre todo cuando se le necesitaba. La triste realidad es que la oficina se había convertido para Manuel, su padre, en un refugio para evitar el campo de batalla que era su casa por culpa de los desplantes de Lucas.

—¡Ni papá te aguanta! Por eso ni aparece —había llegado a decirle a su madre en alguna de sus más violentas discusiones.

Tan violentas que a Julia ya le había llegado a levantar la mano algunas veces. Tantas que a ella ya no le producía ni miedo ni tristeza. La primera vez sintió que su mundo se desmoronaba, pero después de un tiempo, ya le daba igual. «A todo se acostumbra una», se decía con amargura.

Julia jamás olvidará la primera vez que su hijo Lucas se enfrentó a ella: se le partió el alma cuando su niño querido —para ella siempre fue y siempre será su niño—, tan deseado, mimado, cuidado, la amenazó con un gesto aterrador. No entendía de dónde podía salir tanta rabia hacia la persona que lo había dado todo por él. Pensaba que eso solo podía ocurrir en hogares en los que las agresiones verbales e incluso las palizas eran el pan nuestro de cada día, todo lo contrario a lo que había procurado ella en su casa, donde habían tenido mucho cuidado para que su hijo no presenciara las clásicas discusiones de pareja.

Julia siempre había tenido miedo justamente a eso, a que su querido niño viese normales los gritos, los portazos e incluso los golpes como instrumento de comunicación. Le dolía en lo más profundo de su corazón que hubiera hombres, y también mujeres, por supuesto, que maltratasen a sus cónyuges.

Julia era de la opinión de que cualquier persona que fuese capaz de poner una mano encima a alguien, sobre todo a su pareja o a un miembro de su familia, se colocaba irremediablemente y de por vida en un nivel profundo y miserable de la condición humana. «Nada justifica la violencia. Los golpes, los empujones, las palizas nunca son merecidos», se repetía a sí misma cuando veía por la tele casos de violencia de género o violencia doméstica. No podía concebir que se utilizara la intimidación, la coacción y las amenazas para infundir terror, le parecía humillante y descorazonador. Por eso fue tan difícil digerir que todo aquello pudiese colarse en su casa.

La primera vez que Lucas le levantó la mano tenía tan solo doce años. Para ella significó que los muros sobre los que se sustentaba su existencia se venían abajo. Sin embargo, el dolor fue disminuyendo a medida que se repetían estos episodios. Había días incluso que hasta esperaba algún insulto o gruñido de su único y desagradecido hijo, como si fuera incluso una muestra de interés hacia ella.

Lucas no soportaba un no por respuesta. Desde muy pequeño forzaba a su madre a comprarle cosas a pesar de que la economía familiar no diera para ello. No le importaba lo que Julia tuviera que hacer para lograr lo que él ambicionaba. Se encaprichaba de todo: las zapatillas más caras, una mochila, unos cascos, el último iPod. Lo peor fue cuando se empeñó en que quería una consola. Julia encontró una tienda en la que vendían unas muy parecidas a la que Lucas quería y a menos de la mitad de precio. Se la compró para darle una sorpresa, pero la sorpresa se la llevó ella.

—Esta consola no es la que yo quiero.

—Pero, hijo, ya sabes que la que tú quieres es muy cara y no podemos permitírnosla.

—Pues esta no la quiero.

—Pruébala al menos. Tiene juegos similares, te he comprado dos.

—Que no la quiero te digo. —Lucas elevó el tono de voz.

—Hijo, la he comprado con todo el cariño. —Julia apenas pudo acabar la frase: Lucas le arrancó la consola de los brazos y la lanzó lo más lejos posible.

—¡Para tener una mierda de consola, prefiero no tener nada! —soltó de mala manera. Y se metió en su habitación tras dar un sonoro portazo que hizo temblar las paredes de la casa y las entrañas de su madre.

Julia rompió a llorar. No sabía en qué se había equivocado. ¿Por qué un hijo tan deseado y querido tenía una actitud tan deplorable? Se había convertido en un déspota desagradecido y egoísta. No habían tenido más hijos precisamente para poder dar a Lucas todo lo que se merecía. Era su niño del alma, su consentido. Ni siquiera recordaba los muchos sacrificios que había hecho para poderle sacar adelante.

Julia siempre había querido darle lo mejor y erróneamente creía que eso era sinónimo de lo más caro. Manuel ganaba un sueldo digno, pero tenían muchísimos gastos y había tenido que hacer encaje de bolillos con las tarjetas para comprar a Lucas los mejores juguetes, los trajecitos más vistosos, la cuna más bonita, después una cama confortable, más tarde la guardería más prestigiosa. Por supuesto, fue a un colegio de renombre, pero poco pudieron hacer cuando le echaron sin haber terminado el bachillerato. Lucas era listo, y muy bueno en los deportes, pero absolutamente ingobernable e incapaz de esforzarse.

Había sacado un genio que no sabían de quién podía haber heredado. Manuel era un hombre tan pacífico que siempre evitaba los conflictos. Prefería callar su opinión antes que tener que rebatir algo por miedo a entrar en una discusión que no llevara a ningún sitio. Por eso, las pocas veces que estaba en casa parecía ausente. A Julia, la poca presencia de su marido no parecía afectarle demasiado. Vivía en un mundo ficticio en el que lo único verdaderamente importante era su hijo, por quien se desvivía. Le atormentaban sus desplantes, sus «no quiero» y sus respuestas violentas y amenazadoras. Y a veces experimentaba lo que jamás hubiera podido imaginar: que tenía miedo a su hijo.

Lucas estaba tan acostumbrado a ser el centro de atención, a tener todo lo que se le antojaba, que si las cosas no salían como él deseaba, gritaba y rompía todo lo que tuviese cerca.

Un día fue peor que los otros. Julia, que no se permitía ningún capricho para sí misma, había comprado hacía tiempo una figurita de Lladró, que lucía orgullosa en la repisa principal del mueble del salón. En un ataque de furia y haciendo caso omiso de los llantos y las súplicas de su madre, Lucas, gélido e impasible, empotró contra el suelo la hermosa y delicada figura sin ningún miramiento. Cada trocito de porcelana que saltaba por los aires iba directo al corazón de Julia.

Lucas se dio cuenta, ante la mirada horrorizada de su madre, de que había ido demasiado lejos. Sin embargo, en vez de reconocerlo, continuó con su irreprimible ataque de cólera:

—¡Y no te acerques porque sigo con toda la vajilla!

Julia aprendió a llorar en silencio, a rendirse ante la ira de aquel adolescente rebelde y violento. Y dejó de luchar, porque consideraba que su hijo era indomable y se veía a sí misma como una fracasada en su papel de madre. Manuel pensaba que era una exagerada, pero solo porque él nunca había visto a Lucas fuera de sí. En realidad, nadie lo había visto, excepto Julia, el blanco de sus iras.

Lucas era, aparentemente, correcto y educado. Ningún vecino, por ejemplo, habría adivinado jamás que tras ese «buenos días, señor, que tenga un buen día», o «señora, la ayudo, que va muy cargada, ¿qué tal lleva la semana?» se escondía un auténtico maltratador. Nadie sabía lo que era capaz de hacer cuando su madre dejaba de bailarle el agua o las cosas no salían como él deseaba. Los accesos de rabia desenfrenada eran su mayor secreto. Nadie los habría imaginado.

Para sus amigos, líos ocasionales y personas que se cruzaban en su camino era un buen chico. Su gran físico, una cara bonita y un llamativo estilo hacían que todas las chicas se quedaran con la boca abierta en cuanto le veían. Julia, que conocía a la perfección ese lado amable y encantador que mostraba a los demás, se martirizaba preguntándose por qué no se merecía ella ese mismo trato.

La pobre mujer había pasado por varias fases en la relación con su hijo. Primero, intentó ser su amiga. Sin embargo, una conversación con María Jesús, su amiga y confidente desde antes de que naciera Lucas, le abrió los ojos:

—Un bofetón es lo que le hace falta.

—Nunca he querido traumatizarle.

—Vamos, vamos, ¿también te has creído ese cuento? Nadie se traumatiza por un cachete bien dado.

—Él siempre me decía que no podía hacerle nada, porque me denunciaría.

—¡Alucino con los niños de ahora! Se creen que tienen todos los derechos del mundo y cero obligaciones y, encima, si te pones firme, te vienen con ese cuento: «¡Mamá, que te denuncio!».

—Ya, pero yo siempre me he esforzado por ser amiga de Lucas.

—Quizá ese es el problema. Si su padre apenas aparece en casa y su madre se convierte en su amiga, ¿quién le pone los límites?

—Quería dejarle experimentar, darle todo lo que pudiera. Lo contrario de lo que me pasó a mí: en una familia con tantos hermanos y tan poco dinero no había mucho de donde rascar. Mi padre, además, era muy severo, no nos pasaba ni una.

—Sí, pero si miras hacia atrás, ¿qué prefieres? ¿Haber tenido hermanos o juegos y maquinitas como las que tiene tu hijo?

Julia se quedó pensativa. Se arrepintió de no haber tenido la valentía de dar hermanos a Lucas. A buen seguro no habría podido mimar a su primogénito de la forma en que lo había hecho, pero quizá también habría aprendido algo que ahora agradecerían ambos: a compartir, ser más humilde y más responsable. En las familias numerosas no queda más remedio que comportarse así. Y si hubiera tenido más hijos, además habría enmendado esa soledad de la que tanto se quejaba Lucas en los raros momentos en que le confesaba su arrepentimiento.

—Mamá, ¿yo qué culpa tengo de sentirme como una mierda?

—Nadie es culpable, pero sí responsable. —Julia repetía frases que le aconsejaba su buena amiga María Jesús, pero aún le costaba creer que dieran el resultado esperado.

—Aún soy menor de edad. —Lucas solía excusarse cuando le convenía.

—Hijo, si tan solo tratases de pensar antes de enfadarte y ponerte a romper cosas.

—No soy yo el que hace esas cosas. De verdad que lo siento. —Lucas siempre se mostraba verdaderamente dolido por sus arrebatos y eso reconfortaba a Julia, que había aprendido leyendo libros de adolescentes rebeldes que quizá su hijo podría aprender a controlar su conducta agresiva.

—Entiendo que a veces te supere la rabia. No podemos elegir las emociones, pero sí lo que hacemos con ellas. Tienes que aprender a controlarlo.

—Sí, lo sé, contar hasta diez, me lo has dicho mil veces, pero ¡no puedo! ¡Yo no tengo la culpa!

—¿Y quién la tiene? ¿La televisión? ¿O esos videojuegos crueles y sanguinarios? Cuando yo tenía tu edad, los héroes a los que queríamos imitar luchaban por hacer el bien con valentía y coraje. —Julia empezaba a emocionarse—. Los héroes de ahora destruyen y matan para conseguir lo que quieren. —Comenzó a llorar.

—Te juro que no volverá a pasar, mamá. —Lucas le dio un abrazo.

Y Julia pensó: «Ojalá pudiera creerte, hijo».

Sin embargo, ni estas conversaciones, que acabaron perdiendo fuerza al ser evidente que era imposible reconducir la situación solo con palabras, ni todos los arrepentimientos del mundo consiguieron cambiar la actitud de Lucas cuando algo le superaba, así que Julia decidió que esperaría a que fuese la jungla de la vida la que le hiciese aprender, por las buenas o por las malas, lo que ni los mejores colegios ni una madre empeñada en su cada vez más lejana y utópica estabilidad habían sido capaces de transmitirle.

Lo que Julia no sabía es que era precisamente en esa jungla de la vida y en noches de fiesta, éxtasis, sexo y alcohol donde Lucas se sentía el rey. Sobre todo, desde que vendía anfetaminas cuatro veces más caras de lo que las conseguía.

Ya no le costaba dinero drogarse, e incluso tenía un extra para sus caprichos, que no eran pocos. Solía colocarse, pero sin llegar a perder el control. Había visto casos terribles de chavales idos y cuerpos convulsionados por abusar de sustancias psicotrópicas. Había visto a gente que prefería ponerse un tripi en el ojo en vez de ingerirlo para notar antes sus efectos. Había conocido a chicas que empapaban los tampones en alcohol para conseguir una buena borrachera y lo único que lograban era acabar en una ambulancia rumbo al hospital por un coma etílico. Había visto muchas cosas, pero siempre había conseguido esquivar los efectos colaterales de aquellas noches en las que cerraba todos los *afterhours* de la ciudad.

El gran problema de Lucas fue enamorarse de una chica cuyas debilidades eran también los caprichos, pero más caros. Mónica mataba por la ropa, por los tacones y por el maquillaje, y el amor quedaba siempre muy lejos y muy al margen de sus triviales pasiones.

Lucas no calculó que podía salir herido de aquella atracción que era principalmente física. No era capaz de ver más allá de una cara bonita y un cuerpo llamativo y escultural, eso sí, con la ayuda de la silicona y la visita a algún que otro quirófano. Quedó hipnotizado por sus maquillados ojos, su larga melena y un cuerpo que deseaba tener en su cama lo más pronto posible. Pero Mónica, que solo pensaba en sí misma, ni se percató del interés de Lucas, aunque coincidían sábado tras sábado en Locotrón, un peculiar garito en el que se hacía la vista gorda a los trapicheos y la droga corría libremente.

Uno de aquellos sábados, en verano, la puerta del local era un auténtico hervidero de gente. Hacía mucho calor, así que decidieron empezar la fiesta en el parque cercano haciendo botellón, siempre pendientes de salir corriendo si veían asomar un coche de policía.

—¿Quién quiere rulas?

—¿A cuánto?

—Por ser tú, diez pavos.

Y así, esa noche Lucas consiguió el dinero suficiente para invitar a la chica que pretendía.

Como Mónica estaba acostumbrada a que todos los chicos cayeran rendidos a sus pies y los mensajes que Lucas le había enviado por WhatsApp no habían surtido efecto, el chico decidió ignorarla casi por completo y mostrar en cambio gran interés por Ruth, una de sus amigas, para ver si reaccionaba. El plan funcionó como un reloj y cuando Ruth fue al baño, Lucas se acercó a Mónica y empezó a hablar con ella, cada vez más cerca. La chica, halagada, se dejó querer.

Los celos que había sentido minutos antes hacia su amiga dejaron paso a una irrefrenable atracción fatal hacia Lucas, a quien se acercaba cada vez más con la excusa de que, con la música tan alta, no le oía bien, movimiento que aprovechaba para restregarle descaradamente su siliconada delantera. Aquello le dio pie a Lucas para atreverse a rozar su sexo contra la pierna de la chica, lo que la excitó de tal manera que antes de que su amiga volviera del baño ya estaban besándose.

—¿Tienes coche? —le preguntó.

—No, pero sígueme. —Y se la llevó al almacén de la discoteca. Conocía el sitio porque el encargado le había llevado allí muchas veces para comprarle alguna sustancia sin despertar sospechas o para esnifar juntos una raya de *speed*.

Empezaron a devorarse con una furia que se debía más a los efectos afrodisíacos de la anfetamina ingerida apenas una hora antes que a la propia atracción física. Lucas estaba tan excitado que quiso posponer el acto sexual para evitar que aquel sueño apasionado tantas veces imaginado terminara tan pronto, pero ella insistió en tenerlo dentro. Fue una experiencia casi mística.

Al día siguiente, Lucas subió orgulloso a su Facebook una foto que se había hecho frente al espejo en la que se veía su torso desnudo y sus marcados abdominales con un pie de foto que decía: «Q wapo estoy eh?? Jaja». Era su forma de expresar la alegría que sentía por la conquista de la noche anterior. Así se entretenía los días en que su discoteca favorita estaba cerrada.

Se pasó ese domingo leyendo los comentarios a sus fotos, a veces subidos de tono, que le hacían las chicas que agregó tras alguna fiesta que ya ni recordaba, para evitar pensar en Mónica. Aunque en su cabeza no dejaba de revivir los momentos disfrutados en el almacén, su orgullo no le permitió reconocer lo que sentía por ella.

Jamás destapaba sus sentimientos por miedo a que le hirieran y más con esta nueva chica, en la que no podía dejar de pensar. Había despertado en él sentimientos desconocidos hasta el momento. Más que amor, se sentía fascinado, hechizado. Esperó con más ansia que nunca el siguiente fin de semana. Los días pasaron condenadamente lentos y vacíos hasta que volvió a verla. Entonces el tiempo se detuvo y el sentimiento más parecido a la dicha que jamás había sentido le recorrió el cuerpo. «No sé qué me ha hecho esta tía, pero me tiene loco», se dijo.

Imposible reprimir el calor que invadía su cuerpo solo con pensar en ella. Tenerla cerca significaba acabar irremediablemente haciendo el amor donde hubiese la mínima oportunidad. Y las hubo.

El primer día que se metieron en un probador de una de las tiendas de una conocida franquicia consiguieron reprimir sus gemidos, pero una vez tuvieron que salir corriendo de unos baños por escandalosos ante las caras de incredulidad y vergüenza ajena de las mujeres que se encontraban usando el lavamanos o esperando turno.

Los siguientes dos meses de pasión y escarceos vertiginosos fueron probablemente los más felices de su vida. Hasta que se cruzó en la vida de Mónica otro hombre que, además de ser atractivo, tenía coche. Y de los caros. Se lo contó un día Ruth, quien seguía claramente interesada en él, y Lucas sintió que su corazón se partía en dos.

Pasó días y días encerrado y no había nada que Julia dijese o hiciese que pudiera contentarle. No quería ver a nadie, solo llorar en soledad y sentirse más miserable con cada respuesta que daba a su madre cada vez que intentaba un nuevo acercamiento.

«El amor es una mierda. La vida es una puta mierda: todo lo que me gusta está fuera de mi alcance, o prohibido, es ilegal o acaba jodiéndose», se decía completamente abatido. «Pero esto no se va a quedar así», se prometió destilando resentimiento por sus ojos.

Al cabo de dos semanas, Mónica rompió con su nuevo amante y se mostró de nuevo receptiva con Lucas. Le enviaba mensajes bastante explícitos al móvil asegurándole que le echaba de menos, que extrañaba su compenetración en la cama.

Nunca nadie le había hecho sentir tanto, le decía, pero el orgullo no le permitió a Lucas volver a abrir aquella puerta que había cerrado tan amargamente, para siempre y con todo el dolor de su alma. Prefirió rechazar todas las oportunidades que ella le daba y seguir observando desde lejos, semana tras semana, a la mujer que más había amado.

Veía a Mónica rodeada siempre de hombres deseosos de devorarla, tal y como él había hecho. No podía soportar el ardor de los celos carcomiéndole las entrañas cada vez que hablaba con un chico. Deseaba volver a tenerla entre sus brazos, pero eran más fuertes el rencor y la vanidad que las ganas de volver a ser feliz. Se convirtió en un auténtico misógino sin escrúpulos ni remordimientos porque creyó que su desconsuelo le daba derecho a vengarse de las mujeres.

Hubiese sido el momento propicio para que alguien, tal vez su padre, le hubiera hablado sobre el sufrimiento que puede llegar a provocar una mujer, así como las barbaridades que se llegan a hacer por despecho y que solo consiguen aumentar el malestar y el tormento.

Habría necesitado que alguien le contara que el orgullo no es la reacción más adecuada, ya que mata la felicidad, del mismo modo que el miedo mata el amor. Pero Lucas estaba aún muy lejos de aprender estas enseñanzas, pese a que la vida se lo estaba poniendo en bandeja. Prefirió dejarse gobernar por el rencor y la rabia y dar salida a sus profundos y ardientes deseos de venganza con una víctima vulnerable: Ruth.

Era sábado y sonaba la canción *I believe in dreams,* de Jackie Rawe, en versión dance en Locotrón cuando Lucas le metió a Ruth un trozo de pastilla blanca en la boca. A la chica no le dio tiempo a rechazar la que sería su primera experiencia con las temidas y hasta ese día lejanas drogas. Le arrancó la copa al primero que pasó delante de ella y dio un gran sorbo para quitarse el amargor que le había dejado.

Mientras charlaban, Ruth no paraba de reírse y de vez en cuando Lucas acariciaba su rostro haciéndole sentir que podía tocar el cielo con las manos. Embriagados por la sensación que afloraba producto de las drogas, se olvidaron por completo del resto de sus amigos. Ruth cerró los ojos de puro gozo cuando empezó a sonar su canción: *Love is in the air.*

Varios hombres de espectaculares cuerpos maquillados con colores llamativos y atuendos increíbles y exuberantes mujeres semidesnudas representaban la canción en el escenario. Ruth los miraba absorta, emocionada, al tiempo que un placentero y estremecedor cosquilleo recorría todo su cuerpo por efecto de la anfetamina. Se dejó llevar. Una sonrisa se dibujó en su rostro. Tenía una sorprendente sensación de bienestar que no había vivido antes y no quería que aquella euforia terminase.

—¿Ves? ¡Lo dice la canción! ¡El amor está en el aire! —Ruth sentía que podía volar.

—¿Quieres agua? —le preguntó Lucas, su proveedor particular de falsa felicidad.

—¡Uf! ¿Qué me has dado? Jamás había sentido nada igual. Estoy tan a gusto. Es como un sueño del que no quiero despertar.

—Sí, estas pastillas son la hostia. Lo malo es que no siempre hay buen material. Has tenido suerte.

—No sé si suerte o desgracia. Nunca he querido entrar en este mundo por si me enganchaba. Algo tan bueno lo merece.

—¿Qué tiene de malo disfrutar un poco?

Si ya desde hacía tiempo Ruth se sentía atraída por Lucas, el efecto de aquella droga del amor multiplicó su deseo. A Lucas no le costó demasiado convencerla para que le acompañase a su lugar favorito: el almacén del Locotrón. Una vez allí, y sin mediar palabra, comenzó a besarla. Sin más preámbulos ni romanticismos, Lucas le dio bruscamente la vuelta, le subió la falda y comenzó a saciar su excitación egoístamente.

—¡Me estás haciendo daño! —gritó Ruth, pero él siguió con violentos movimientos, ofuscado en un solo objetivo: su propio placer—. ¡Para, por favor!

Lucas no parecía oírla. Ruth intentó apartarse sin éxito, pero él tenía más fuerza. Quiso darse la vuelta para poner fin a aquella desagradable situación, pero Lucas seguía con tal ímpetu que no pudo esquivar el golpe que se dio en la cabeza contra una de las altas torres de cajas de bebidas. Gritó de nuevo y los ojos se le inundaron de lágrimas. Lucas fue incapaz de salir del cuerpo de Ruth antes de alcanzar el clímax.

Comenzó a convulsionarse y siguió apretando con fuerza a Ruth.

—Pero ¿qué has hecho? —gritó desesperada—. ¡No tomo anticonceptivos!

—Pues tómate la píldora abortiva —dijo Lucas con absoluta tranquilidad. Seguía en tal estado de placer que no quería ni abrir los ojos para mirarla. Ruth rompió a llorar desconsoladamente—. No es para tanto. Aún tienes setenta y dos horas. —Y se marchó, indolente, dejándola sola, acurrucada en el suelo, con la falda aún remangada y llorando sin parar.

El lunes todavía arrastraba la resaca del fin de semana de drogas y alcohol, pero ni rastro de remordimiento. Era su forma de vengarse de Mónica: estaba seguro de que Ruth se lo contaría. También sabía que aquella pobre chica a la que había utilizado consciente y despiadadamente, no tendría ni las ganas ni el valor para denunciar aquella violación que quizá marcaría su vida para siempre. Por lo que Lucas no tenía de qué preocuparse.

Le costó levantarse de la cama por una mezcla de mareo, embotamiento y malestar general, pero no sentía ningún tipo de arrepentimiento. Se estaba convirtiendo en un auténtico monstruo. Tenía la boca seca y con llagas, y los ojos sin luz ni expresión. Pero su única inquietud era que llegase el fin de semana y nuevo material para seguir aniquilando la incómoda sensación que se le había instalado en el corazón.

Se volcó en la venta ilegal de pastillas y hachís, y aunque otros compañeros de la noche habían protagonizado noticias en televisión de robos e incluso asesinatos tras reyertas y estaban cumpliendo condena en alguna cárcel del país, él se creía imbatible. Además de haberse codeado con narcotraficantes, mafiosos y delincuentes, se creía bastante más listo que los que acababan entre rejas o muertos. Sabía que mucha gente se fastidiaba la vida por culpa de las drogas. Le vino a la mente Marta, una guapa atleta que, además de ganar medallas a nivel internacional, sacaba las mejores notas de la clase. Empezó a salir los fines de semana mintiendo a sus padres y acabó acostándose con cualquier tío a cambio de una raya. Ese caso fue el que más le impactó. Los padres de Marta nunca sospecharon algo así de su hija, que era ejemplar y que incluso había dejado el atletismo porque le quitaba horas de estudio. Tampoco desconfiaron cuando decidió abandonar los libros para encontrar un buen trabajo. Lo que ignoraban por completo era que estaba a punto de entrar en un centro de desintoxicación.

Lucas daba por hecho que él estaba a años luz de Marta. Sin embargo, sin darse cuenta, empezó a adorar aquellas sustancias tan peligrosas como atractivas porque le hacían sentir una felicidad que jamás había encontrado de manera más sana y apropiada. Y porque solo tomándolas conseguía olvidar a Mónica.

Las anfetaminas subían su autoestima, hacían que conectara mejor con sus amigos y le permitían acercarse a las chicas con facilidad. Eran su ilusión para seguir viviendo. Sobrevivió sin problemas, a pesar de estar siempre muy cerca de la tentación y el peligro, hasta que un día todo cambió.

Había convencido a Raúl para que le llevase a casa del Rata. Tenía que recoger cincuenta pastillas y treinta gramos de hachís y no quería ir en metro. Una vez que tuvo el material en su poder, subieron al coche. A Raúl no le hacía ninguna gracia.

—Si nos pillan, todo es tuyo. No vayas a pringarme a mí también.

—Tranquilo, tío, que está todo bajo control. —Según acabó la frase, recibió un mensaje en el móvil que le alertaba de un control policial en la rotonda a la que estaban llegando.

—¡Da la vuelta, que está la pasma!

—¡No jodas!, que aquí no puedo hacer un cambio de sentido. En la rotonda.

—Que no, joder, ¡que están ahí!

Pero ya era tarde y un guardia civil les hizo un gesto para que se detuvieran. Raúl se puso tan nervioso que aceleró y esquivó magistralmente a los coches que estaban parados en el control de la dichosa rotonda. El agente se subió al coche patrulla que estaba en marcha y comenzó la persecución.

Lucas siempre había conseguido librarse de las autoridades, pero de pronto se dio cuenta de que su suerte acababa de cambiar. Las veces que le habían registrado no llevaba encima más de cuatro o cinco pastillas y había alegado consumo propio. El autoconsumo no estaba tipificado como delito y los secretas habían sido generosos con el chico de la cara de niño bueno que parecía que no había roto un plato en su vida. Así lo habían creído los que le habían registrado ya en varias redadas. «¡Otra vez los estupas dando por culo!», había dicho en más de una ocasión. Cuando iba más cargado, gracias a que lo alertaba algún portero de la sala en la que vendía, siempre le había dado tiempo a deshacerse del material y recuperar después la mercancía.

Sin embargo, ahora tenía a la Guardia Civil pegada a sus talones y no podía deshacerse de las drogas. Mientras Raúl aceleraba, Lucas repartió las pastillas por los lugares más inaccesibles del coche. Sabía que los examinaban a conciencia, pero con un poco de suerte conseguiría hacer desaparecer el exceso de estupefacientes que delataría que se trataba claramente de tráfico de drogas.

La persecución apenas duró cinco minutos, pero le sirvió para deshacerse de material suficiente como para no constituir un gran delito. Ambos eran menores de edad, pero Lucas asumió toda la responsabilidad, como había prometido a Raúl, y un juez de menores, harto de comprobar que de los reformatorios salía de todo menos chavales reformados, dictaminó que hiciese trabajos sociales durante un año.

Cuando Lucas pidió ayuda a su madre para evitar aquel trance, se llevó la sorpresa de su vida. Julia, que había sido incapaz de castigar sus conductas inmorales, violentas y antisociales, decidió por fin que sería muy bueno para todos que el peso de la justicia cayese sobre él.

—¡Lo que nunca me imaginé es que te dedicabas a vender muerte a otros jóvenes sin cabeza como tú! —Julia se había quedado atónita al saber que su hijo suministraba droga, esa fue la gota que colmó el vaso de su paciencia. Pensó que quizá así, tras ser descubierto y condenado, aprendería por fin a comportarse cívicamente. «A veces hay que morir para empezar a vivir», se repitió interiormente.

—¿Qué creías? ¿Que podía vivir con la mierda que me dabais? No merezco este castigo. —Lucas intentó una vez más la estrategia tantas veces usada de culpabilizar a sus padres y hacerse la víctima.

—¿Ah, no? Pues no lo tomes como un castigo, sino como una consecuencia. Si no puedes pagarte tus caros caprichos, tendrás que optar a partir de ahora por gustos más sencillos. —Julia se sorprendió a sí misma hablando como le había dicho miles de veces su amiga María Jesús que lo hiciera, convencida por fin de lo que decía.

A Lucas le sorprendió la aparente frialdad y la tranquilidad con las que Julia, tan protectora siempre, se tomara que tuviera que pasar tantos meses trabajando en un centro ocupacional para personas con discapacidad. Y, por primera vez en su vida, se le pasó por la mente que quizá su madre merecía un respeto que él jamás había sido capaz de manifestarle. Subió el volumen de su iPod, «... párate a pensar, tú no sufres solo, quiérete algo más...», decía la canción de Melendi *Cierra los ojos,* su favorita desde aquel mismo momento.

Los primeros meses fueron muy duros: se sentía preso, esclavo de aquellas personas con las que Dios no había tenido compasión. Nunca había visto nada igual. «¿Cómo esta gente puede sonreír?», se preguntaba. Ni siquiera se le había pasado por la imaginación que alguien con discapacidades tan severas pudiera querer seguir viviendo.

Un día se detuvo ante un cartel en el que aparecían varios niños, de diferente condición física, sexo y raza dándose la mano, y donde podía leerse: «Las personas, al igual que las aves, son diferentes en su vuelo, pero iguales en su derecho a volar». ¿Cómo no se había fijado en él antes? ¿Cuántas cosas habrían pasado por delante de sus narices sin que se hubiese dado cuenta?

Se sintió afortunado por tenerlo todo, por no tener que lidiar con barreras físicas e intelectuales, tan aparentemente insalvables. Se preguntaba cómo podría manejarse aquella pobre gente cuando no pudiese disponer del bálsamo de solidaridad y facilidades que suponía aquel centro de día.

Pero, al cabo del tiempo, su sentimiento de superioridad dio paso a otros muy distintos. Se veía a sí mismo como un desgraciado por haber desaprovechado todo lo que aquellas personas no tenían, por haber quemado los mejores años de su vida, por no haber sabido valorar las ventajas que tenía. Conocer a las familias de esos desdichados, como él les consideraba, marcadas por un destino cruel, pero claramente más felices de lo que él lo había sido nunca, le hizo pensar que el hecho de haber sido tan desagradable y desagradecido con su madre le había supuesto a Julia un peso aún mayor que atender un hijo con una discapacidad.

Lucas llegó quince minutos tarde a su puesto de asistente. Iba a trabajar ayudando a Dani, cuyo excelente ánimo suplía cualquier necesidad, pero se apuntaba a tantas actividades que empezaba a precisar un asistente personal. Le abrió la puerta Tomás, su padre. Enseguida Lucas sintió una paz que jamás había experimentado, en aquella casa se respiraba algo muy especial.

—Hola, Dani. Soy Lucas.

—¿Qué tal, colega? —respondió con una radiante sonrisa.

—Bien. —No sabía cómo reaccionar, ni lograba entender por qué se sentía tan cómodo allí. Decidió empezar con una de las preguntas que le habían sugerido que hiciera—: ¿Hace mucho que, como dicen en el centro, «tu vida va sobre ruedas»?

Dani le contó lo del accidente contra las rocas del mar, su paso por el hospital de Toledo y sus esfuerzos por acostumbrarse a convivir con una tetraplejia que durante un tiempo no solo paralizó su cuerpo, sino también sus ilusiones. Pero aquella etapa estaba más que superada y ahora se dedicaba a repartir sonrisas y buenas energías allá donde iba.

Lucas no podía creer que alguien en aquella situación fuera tan feliz como ese chico demostraba ser. Pronto se vio despertándose con ilusión para ir a esa casa y ayudar a Dani con las cosas cotidianas, como echarle una mano en las clásicas transferencias cama-silla, silla-cama, bañarle, o acompañarle a sus consultas. Lucas aprendió a ser su lazarillo, aunque a veces no tenía la paciencia que aquella ocupación requería.

—¿No me has oído, Lucas?

—¡Que ya voy, joder!

—¡Menos humos, chaval!

—Vale que no salga, que haya dejado de ver a mis colegas, que no tenga vida, pero es que... a veces me siento como un puto esclavo.

—Bueno, estás aquí para ayudarme, ¿no? —Dani intentó disimular la decepción y tristeza que acababan de invadirle.

—Es que siento una impotencia... —Aunque Lucas sabía que no podía quejarse, aquel día estalló.

—¡Tú no tienes idea de lo que significa sentirse verdaderamente impotente! —Dani desató su ira.

—¡Pues te juro que así me siento! ¡Tengo que hacer absolutamente todo!

—¿Quieres saber cuál fue uno de mis momentos «estelares»?

—A ver, dime.

—Un día, iba con mis compañeros en el metro y se les ocurrió bajarse un par de estaciones antes de la nuestra en el último momento. No cayeron en que yo necesitaba más tiempo y ahí me quedé con cara de imbécil viendo cómo se cerraban las puertas en mis narices. ¡Eso sí que es impotencia!

—Dani, yo...

—Tuve que esperar a la siguiente parada y a que alguien me ayudase.

—No quería...

—¿Sabes lo que es llamar a gritos a los que de pronto «se han olvidado de ti» y que ninguno se dé la vuelta?

—Lo siento... No quería...

—Cuando por fin repararon en que me había quedado atrás, me llamaron al móvil, pero lo tenía en un bolsillo al que no podía llegar sin ayuda.

—Perdóname.

—Y aún me quedaban por vivir unos cuantos malos ratos más. —Dani se fue serenando—. De los que he acabado aprendiendo más que de los buenos, la verdad sea dicha. Y es que siempre hay una nueva lección que aprender.

—Pues no sé qué pudiste aprender de eso.

—Que por fin había conseguido que mis compañeros me viesen como uno más.

—¡Joder, Dani! ¡No puedo contigo! Eres increíble, ¿cómo puedes ver algo positivo en todo?

—Habían dejado de verme como una persona dependiente. Puede decirse que fue... mi primera pequeña gran victoria.

—¡Qué fuerte!

Lucas estaba verdaderamente conmovido. Casi a su pesar, iba sacando de aquellas conversaciones aprendizajes que le llegaban a lo más hondo. Dani parecía entenderle como nadie, al menos le escuchaba como ni su madre lo había hecho. Se sentía libre para contarle hasta los detalles más escabrosos de su turbulento pasado porque jamás le juzgaba. Le hacía muchas preguntas que, para su asombro, él se esforzaba en contestar y que le ayudaban a reflexionar y, en definitiva, a madurar. Pero aún estaba por llegar el momento que significaría un antes y un después en su vida.

Lucas ya se había dado cuenta de que en aquella familia podían incluirse también los fisioterapeutas que les visitaban, los médicos y otros especialistas que aparecían en su extenso historial, junto a sus compañeros de hospital convertidos ya en grandes amigos, y de otras actividades, como viajes o excursiones.

Ante las continuas muestras de afecto y pruebas de generosidad que experimentaba día a día en casa de Dani, Lucas empezó a sentir una gran envidia. ¿Cómo podía sentir envidia de una familia a la que le había caído tal desgracia?

—Eso sí que no lo perdona —le contaba Tomás—: Esté como esté o le duela lo que le duela, en cuanto surge alguna actividad al aire libre se sube en un autobús lleno de voluntarios y personas con discapacidad y ¡a vivir que son dos días!

—Yo lo más lejos que he ido ha sido de acampada a la Pedriza, con los amigos.

—Pues este no para. ¿Has visto la película *Mar adentro?*

—No. Casi nunca voy al cine.

—Pues cuenta la vida de Ramón Sampedro, quien libremente decidió morir tras muchos años en una situación muy similar a la de Dani. También una desafortunada zambullida le produjo una lesión cervical;

cuando la veas, comprobarás que Dani no tiene nada que ver con Ramón.

Lucas pudo comprobar que la mente poderosa y la voluntad de hierro de su amigo confirmaban lo que su padre le había contado.

—Respeto la eutanasia, pero no la comparto.

—Me ha dicho tu padre que siempre tienes la agenda llena.

—¿Es que aún no te has dado cuenta?

—Sí, me canso solo de pensar en todo lo que haces.

—Si sigues conmigo en julio, verás cómo disfrutamos haciendo el descenso del Sella.

—¿En piragua?

—Claro.

—Pero ¿tú puedes?

—Me ponen una silla especial en el asiento delantero de una canoa doble. Detrás va el voluntario.

—Pues nunca lo he hecho, pero ¡me molaría mogollón!

—También disfruto mucho buceando o haciendo vela. La paz que se respira en el mar no es comparable a nada.

—Yo creo que nunca sentí eso... hasta que entré por ahí —reconoció Lucas señalando la puerta de entrada.

—Para que esa paz entre en ti solo hace falta dar tu amor, ayudar a los demás y dejarte ayudar.

—¿Para qué? Yo no necesito de nadie.

—Todos necesitamos del otro, y para todo hay una respuesta. Eso es lo que a mí me impulsa a no rendirme y a no lamentarme por nada.

—Yo sí me lamento. Creo que he sido un hijo de puta. Un jodido desgraciado.

—Pero si tu madre, Julia, te quiere con locura.

—No la merezco, creo que desde que me fui de casa por fin respira tranquila, así no tiene que aguantarme más.

—Mira, Lucas, ¿te das cuenta? Sin caminar puedes sentirte triste, pero más tarde o más temprano afrontas tu realidad y aprendes a vivir con lo que te toque; sin embargo, si te quedas sin el amor de tus seres queridos, entonces es cuando te vienes abajo de verdad.

Lucas siguió escuchando atentamente a Dani que fue desgranando los pormenores de su dura batalla por sacar adelante sus estudios. Y él, que lo había tenido tan fácil, ni siquiera había acabado el bachillerato. Dani le contó que pese a las barreras que algunos edificios ponían entre él y sus ganas de aprender, asistía puntualmente a las clases, ávido de saber. Los primeros días en la universidad, como todos los comienzos, fueron difíciles. Los compañeros no sabían cómo reaccionar cuando se cruzaban con él por los pasillos. Muchos por desconocimiento. Otros porque ignoraban que una persona con una discapacidad tan evidente por fuera pudiera ser completamente sano y lúcido por dentro. Pero ya se encargó Dani de acercarse a sus compañeros y presentarse sin tapujos. Lo último que quería era sentirse marginado.

Reconoció que lo que más le ayudó fue su espíritu optimista. Nunca le fallaba. Ya estaba a punto de licenciarse en Informática.

—Me gusta hacer cosas y, si puedo, no paro en todo el día. Me encantan los seminarios y las conferencias de superación. Si son positivas y energizantes más aún.

—Nunca he ido a ninguna.

—Tranquilo, que ya te llevaré.

—¿De qué van esos congresos?

—De despertar conciencias. De darse cuenta de que la actitud lo es todo. Perder la ilusión no solo nos hace ser desgraciados, sino también vulnerables y manipulables. Estos congresos apuestan por nosotros, los jóvenes, y por una sociedad responsable, comprometida y también compasiva.

Lucas se quedó muy intrigado con las palabras de Dani, así que el día en que por fin se celebraba uno de aquellos congresos, llegó al auditorio con muchas ganas de escuchar las ponencias. Lo que no sabía es que una de ellas sería la del propio Dani, quien compartiría su historia, en primera persona, ante un foro de tres mil muchachos universitarios y preuniversitarios.

Dani tenía su lugar reservado en el pasillo de la primera fila, y Lucas se sentó a su lado. Según caminaba tras él para ocupar su lugar, el joven se dio cuenta de que la chica morena que ocupaba el asiento que estaba justo detrás del suyo se le quedaba mirando con descaro. Casi por instinto rehuyó su mirada y fingió hablar con Dani para tener la excusa de agacharse ligeramente. Aquella repentina vergüenza decía mucho de la impresión que le había causado. No atinaba siquiera a bajar el asiento lo que provocó las risitas de las personas que le rodeaban.

El congreso daba comienzo, pero Lucas no era capaz de concentrarse en la presentadora. Podía percibir la mirada de aquella misteriosa mujer clavándose en su nuca. Sentía una gran energía tras de sí que le impedía permanecer inmóvil en su asiento.

El primer ponente por fin sacó a Lucas del hechizo de aquellos hermosos ojos verdes. Quedó visiblemente impactado por sus palabras. Cuando terminó su ponencia, aquel hombre, que había vivido situaciones extremas, quiso poner en actividad las mentes de la joven audiencia proponiéndoles el siguiente reto: «Pensad en tres cosas que haríais si os dicen que tenéis un año de vida».

«Me gustaría arreglar las cosas con mi madre, tener un trabajo, una ocupación que me ilusione, ¡y amor! ¡Una pareja de verdad!», se dijo Lucas. Involuntariamente giró todo su cuerpo para echar un vistazo a la misteriosa morena que casi le había embrujado. La muchacha le pilló de pleno, pero él disimuló como buenamente pudo haciendo que buscaba a alguien con la mirada en la puerta de entrada.

—No, no la veo —le dijo a Dani bien alto para que ella pudiera escucharlo.

—Es guapa, ¿verdad? —Lucas se quedó impactado. ¿Es que no se le escapaba una?

Se hundió en su asiento con una sonrisa a mitad de camino entre la satisfacción y el ensimismamiento, y empezó a pensar. Se preguntó a sí mismo cómo podía haber gastado tantos años de su vida metido en una burbuja, drogándose por diversión, para no pensar, para que el tiempo pasase rápido. «Pues ojalá no os tengan que diagnosticar una enfermedad terminal», continuó el ponente, «para que empecéis a vivir vuestra vida serenamente y con sentido».

Aquellas palabras resonaron en la mente de Lucas, que se quedó ensimismado durante los aplausos y ni se dio cuenta de que Dani se disponía a subir al estrado por una rampa.

Era su turno y, tras una breve y enternecedora presentación, empezó a contar la historia que Lucas ya conocía. La cara del chico, una mezcla de emoción, orgullo y desconcierto, era un poema. Se le erizó la piel y hasta olvidó por completo la fuerte atracción que sentía por la chica de atrás, para escuchar con todos sus sentidos lo que Dani se disponía a contar ante aquellos cientos de jóvenes.

—Hola, me llamo Dani y, cuando tenía más o menos vuestra edad, un desafortunado accidente me obligó a sentarme en esta silla que veis. Bueno, no fue exactamente esta, sino una mucho más pesada, rudimentaria y fea, por suerte la ciencia avanza también en nuestro beneficio. Sé que todo esto pone a prueba nuestra capacidad para sobreponernos, pero también nos hace más fuertes. Mi deseo es que nos llenemos de esperanza para tener un lugar en el que quepamos todos. No olvidéis jamás mantener la fe en vosotros mismos y mucha ilusión para que podamos afrontar cada día con una sonrisa.

Una enorme ovación estalló en el Palacio de Congresos de Madrid. Parecía que se iba a venir abajo con las exclamaciones de emoción y los «bravo» que gritaban aquellos muchachos enloquecidos con una vivencia que a muchos les parecía inverosímil.

—Me gustaría que mi historia sirviera —Dani remató su intervención— para que empecéis a valorar las cosas que realmente son importantes en la vida, porque nunca es tarde para comenzar a agradecer lo que tenéis, ¡te pase lo que te pase!, para decir a los que os rodean lo mucho que les queréis. Y es que uno quizá no pueda cambiar lo que el destino le tiene preparado, pero sí tiene poder sobre su actitud ante esas nuevas circunstancias. Si no te gusta lo que ves, ¡cambia la forma de verlo!

»Solo uno mismo es quien marca la diferencia. Todos somos capaces de colorear lo que podría ser una vida en blanco y negro. Porque ante los retos o las dificultades de la vida, el único capaz de ayudarte eres tú y tus ganas de superarte.

De nuevo los aplausos inundaron el auditorio y las lágrimas los rostros de aquellos adolescentes.

Cuando Dani bajaba la rampa, Lucas corrió a abrazarlo con los ojos vidriosos. Aquella imagen impactó aún más a la chica de la segunda fila, que era incapaz de contener las lágrimas. Quizá por ello se acercó y mientras lo hacía, a Lucas se le aceleraba el corazón. No podía dejar de mirarla, pero cuando llegó a su altura, no le salió una sola palabra.

—Solo quería felicitarte. Es asombroso cómo puedes afrontar la vida con ese optimismo.

—Muchas gracias —respondió Dani.

—Mi padre... En fin, no estamos pasando un buen momento y tus palabras me han dado una fuerza que ni te imaginas.

—Dame tu correo si quieres y nos escribimos —dijo Dani mirando a su amigo. Quería devolverle el favor que, aunque a veces a regañadientes, Lucas llevaba tantas semanas haciendo por él. Él sonrió, pero seguía callado, impresionado por la belleza de aquella chica.

—¿De verdad? Claro que te lo doy. ¡Y mi teléfono! No sabes lo que significaría para mí estar en contacto con una persona tan alegre y valiente. —La chica miró a Lucas por fin—: Hola, bueno, que ni me he presentado, me llamo Lucía.

—Hola... —dijo titubeando. Y se quedaron mirándose fijamente. Ninguno de los dos pudo bajar la mirada durante unos segundos que se hicieron eternos.

«Buena señal», pensó Dani.

—Se llama Lucas, y le pediré que te escriba. Como ves, ¡sé escoger bien a mis asistentes! —dijo guiñándole un ojo al tiempo que lanzaba una pícara sonrisa.

Lucas comprendió que aquel comentario de Dani, quien sin duda acababa de tocar el corazón de Lucía, como el de toda su audiencia, le allanaba el camino hacia la conquista de una chica que nada tenía que ver con las que había conocido en su vida anterior.

—Te debo una —le dijo al oído.

—Creo que esta chica merece la pena.

Lucas volvió a casa completamente tocado. Aquel día ponía el broche de oro a un periodo que significó un auténtico renacer. Conocer a Dani fue clave. Y aquel congreso iba a cambiar definitivamente su vida. Además tenía el teléfono de la mujer que le había cautivado con la mirada.

—Hijo, qué alegría me da verte así.

—Mamá, puedo decir que la mala suerte no existe.

—¿A qué te refieres? ¿No estarás pensando que el que te parara la Guardia Civil fue algo bueno?

—Pues si no hubiese pasado, jamás me habría sentido tan útil.

—Veo que ha sido una gran experiencia. ¡Bendita benemérita y bendito juez de menores! —exclamó Julia.

—Sí, por primera vez en mi vida siento que valgo para algo. Quiero hacer más cosas. Recuperar el tiempo perdido.

—Claro, hijo, si hay tiempo para todo. Como ves, quemar etapas solo sirve para emprender el camino por la vida sin lo esencial.

—Lo que de verdad importa —dijo Lucas esbozando una sonrisa no solo por el congreso, sino por recordar la dulce cara de Lucía perfectamente dibujada en su imaginación.

—Así es.

—Siempre quise correr demasiado.

—Y cada periodo es imprescindible. —De nuevo volvía a repetir las palabras de su amiga María Jesús—. Ir demasiado deprisa acaba pasando factura. ¡Quise advertírtelo tantas veces!

—Bueno, mamá, no te pongas plasta.

—Y ahora, ¿qué piensas hacer?

—¡Quiero ayudar!

—Te entiendo, como escuché una vez: «Una persona no se realiza plenamente mientras no forme parte de algo más grande que ella misma».

—¡Claro! ¡Ya está! Me voy de voluntario a la ONG de la que hablaron.

—¿Dónde?

—En el congreso al que me llevó Dani hablaron de que estaban buscando voluntarios para ir a Guinea, creo.

—¿A Guinea? —Julia estaba estupefacta.

—¡África, mamá! Quizá Lucía se apunte también.

—¿Quién es Lucía?

—Ay, nada mamá, ya te lo contaré. —Lucas salió a toda prisa hacia su habitación para encender su ordenador, entrar en la página de los organizadores del congreso y comprobar que aún estaba abierto el plazo para inscribirse. Rellenó los datos, resaltó sus dotes para el deporte ofreciéndose como monitor en el apartado de entrenamiento y tiempo libre y cruzó los dedos: «Por favor que me acepten y, sobre todo, ¡¡que vaya Lucía!!», pensó en voz alta.

No pudo esperar a ver a Dani para tramar con él el plan para volver a ver a Lucía e, impulsivamente, conectó el WhatsApp de su *smartphone* y buscó «Lucía Ojos».

—Hola, Lucía. Soy Lucas, al que tanto le costaba sostenerte la mirada en el congreso. —Se quedó mirando la pantalla. Lucía estaba en línea, pero no contestaba. «Vaya, he sido demasiado directo. La he acojonado. Tenía que haber escrito algo más sutil. Soy un metepatas. A ver cómo lo arreglo», se dijo a sí mismo—: Dani te manda recuerdos. A ver si quedáis, es un fenómeno. —Por fin vio en su chat la bendita palabra: «Escribiendo». «¡Me está contestando! ¡Sí! ¡A mí!».

—Hola, sí, la verdad, impactante su vida.

—Dijiste algo de tu padre, espero que esté bien.

—Gracias. A veces me dan ganas de desaparecer de mi casa, pero supongo que me necesitan.

—Justo te iba a preguntar si te apuntabas al voluntariado. Aún hay plazas.

—Pues no me lo había planteado. ¿Tú vas?

—Sí —Lucas tardó en contestar porque tuvo que borrar otras respuestas como: «Si tú vas, por supuesto», o «Contigo me voy al fin del mundo».

—Tendría que preguntar a mis padres pero siempre me han llamado los voluntariados, ¿cuándo sería?

—En quince días hay uno. En Guinea. Tres semanas.

—Justo para entonces estaré libre de exámenes y supongo que más harta aún de una situación insostenible.

—¡Pues vámonos!

—Hablo con ellos y te digo.

—Ok. Un besazo y cuídate.

La historia de Lucas tenía muy mal pronóstico, principalmente para Julia, que fue quien más sufrió. Ni sus padres ni los psicólogos del colegio ni apuntarle a varias actividades extraescolares, de las que acababa siempre haciendo novillos, pudieron ayudar a Lucas a encontrar su lugar. Cuando se metió en todos aquellos líos del tráfico de sustancias, muchos pensaron que había muy poco futuro para él.

Su transformación interior, de la que dio el pistoletazo de salida aquel juez compasivo y que empezó a forjarse en los momentos de más tristeza y soledad en aquel centro de asistencia a personas con discapacidad, alcanzó el punto de no retorno el día que conoció a Dani que, sentado en su silla de ruedas, puede ver más allá de lo que el resto vemos y que tiene una de las vidas más activas y plenas que conozco.

Me lo presentó Elsa y enseguida hicimos buenas migas.

—Hola, Dani, estaba cerca de aquí porque voy a grabar a la radio y he pasado a darte un abrazo —le dije—. Y a picarte un poquito. El año pasado me perdí el descenso del Sella porque acababa de parir, pero ¡este año te gano fijo!

—¡No me hagas reír! ¿Acaso no sabes que me he pillado al mejor remero de Arriondas? Anda, anda, olvídate. Bueno, ¿cuándo me traes a Carlos?

—Pues ahora que por fin paramos un poco en Madrid, ¡cualquier día! Es increíble el imán que tienes para los niños.

—Pues claro, les encanta tocar el claxon de mi silla.

—Sí, pues cuidado cuando le veas, ¡que ya no es tan bebé! A la de mi madre le ha arrancado el mando un par de veces. —Nos echamos a reír—. Oye —continué —, ¿qué tal con Lucas? Hace siglos que no le veo.

—Yo tampoco le veo mucho el pelo, está entregadísimo al voluntariado... y a las voluntarias —dijo con retintín.

—¿Y eso?

—Que te lo cuente su madre.

El trabajo de Lucas al lado de Dani no fue una mera ocupación que llenara el vacío que sentía, como ocurre tantas veces, sino que el poder aportar algo, sentirse útil, fue lo que verdaderamente dio sentido a su vida. Lucas, como tantas personas, tiene sombras, partes de sí mismo que no acepta, que empezaron a desvanecerse cuando conoció a Dani.

Además, asistir con él a uno de los congresos de valores fue clave. Y es que el crecimiento interior es sin duda la mejor inversión para la vida. Hay mucha gente dispuesta a luchar, crear, progresar, formar parte de una sociedad activa, compasiva y comprometida a pesar de tener motivos de sobra para estar enfadada con el mundo, y que solo por eso merece ser escuchada.

Frases como «Me has cambiado la vida», «Ahora sé que no tengo de qué quejarme» u «Hoy comienzo a VIVIR», se repiten entre la joven audiencia tras cada ponencia. Recuerdo anécdotas sobrecogedoras en todas las ciudades en las que he tenido la suerte de interactuar con los jóvenes. Hasta tuve el privilegio de poder hablar de los beneficios del perdón a casi cinco mil chicos y chicas de la provincia de Sinaloa, México, donde los casos de violencia alimentan día a día el rencor y los deseos de venganza.

También hay quien, sin haber vivido experiencias tan dramáticas, al menos no tan visiblemente, aprenden a afrontar lo que el destino les depara de forma madura y positiva.

Pensando en todo esto llego a casa y veo el coche de Julia en la puerta. Entro directamente a la casa de mi madre.

—Hola, Julia, qué alegría verte aquí, ¡y con esa cara!, hija, si pareces otra, te veo hasta rejuvenecida —le digo.

—Hola, Iri, pues sí, muy feliz porque veo a Lucas tan cambiado...

—¿De verdad? ¡Sabía yo que estar cerca de Dani surtiría efecto!

—Pues sí, pero es que, además, ¡se ha enamorado! —interviene mi madre.

—Ay, ¿sí? ¡Cuenta, cuenta!

—Pues una chica, por lo visto guapísima, que está a punto de empezar Medicina —sigue mi madre emocionada.

—¡Mira qué bien!

—Encima se llama Lucía, justo el nombre que le iba a poner a mi hijo si hubiese sido chica —apunta Julia.

—Sí, la verdad, vaya casualidad, Lucía y Lucas, solo dos letras de diferencia, como las palabras creer y crear, que, como *escuché una vez, están tan relacionadas que apenas una vocal las separa. —Suspiro—. ¡El destino!*

—Bueno, bueno, no corras tanto. —Julia está feliz, pero no quiere volver a despegar los pies de la tierra para no llevarse más chascos.

LUCÍA

Lucía entró como una exhalación en la cocina donde Rosa preparaba el desayuno.

—Buenos días, mamá. Buenos días, papá, me voy pitando que llego tarde.

—Que tengas un buen día, hija —le dijo Pedro mirándola fijamente a los ojos.

—¿Te pasa algo, papá? —A Lucía no se le escapó esa mirada distinta.

—Nada, nada. Venga, no te entretengas. —Pedro la besó con un amor especial y no dejó de mirarla mientras recogía sus cosas para ir al instituto.

—¿Cuánto tiempo piensas seguir ocultándoselo? —preguntó Rosa, su mujer, cuando Lucía ya había cerrado la puerta tras ella.

—No lo sé, Rosa. Ahora no puedo pensar.

—Creo que no adelantamos nada mintiéndole. Más bien todo lo contrario.

La insistencia de Rosa había llevado a Pedro donde menos le gustaba ir: al médico. «Los médicos siempre te van a sacar algo malo», decía siempre, y por eso se pasaba la vida esquivándolos. Pero pequeñas señales, un cansancio injustificado, algún dolor ocasional, alertaron a Rosa de que su marido, un hombre grande de costumbres sanas, quizá necesitara un complemento vitamínico o algo de hierro. Por supuesto, Pedro no daba ninguna importancia a aquellos síntomas, pero, por no oír a Rosa, accedió a hacerse una analítica.

—Tienes la tasa de los glóbulos blancos altísima. —El médico utilizó un tono que no auguraba nada bueno.

—¿Y eso qué significa?

—Ya veremos. Puede ser un problema de la médula.

No hizo falta que, al cabo de unas semanas de pruebas, le dieran el diagnóstico definitivo. A Pedro ya le perseguía allá donde se escondiese la palabra «leucemia» a todas horas. Pero llegó el día en el que escuchó las dos palabras sobrecogedoras que no dejaban de repetírsele como un eco cuando menos las esperaba: «Tiene cáncer».

El médico del ambulatorio le derivó al oncólogo del hospital más cercano y siguieron sacándole sangre y haciéndole pruebas de todo tipo durante un tiempo.

Rosa se hacía la fuerte, pero sintió una terrible punzada en lo más profundo de su corazón. Reconoció aquella sensación porque era muy similar a la del día que perdió a su madre. Estaba tan unida a ella que, aunque fuera ya muy mayor, el mundo se paró y su alma quedó congelada por un tiempo. Hasta que aprendió a vivir de nuevo, pero sin una parte de sí misma. Huérfana, pero no solo de madre. Con ella se fueron sentimientos que creyó que no iba a recuperar jamás. El nuevo revés que el destino mandaba a su familia reabría las heridas de su gran pérdida.

Desde que le diagnosticaron el cáncer, Pedro soñaba con la muerte. Hasta podía visualizar si cerraba los ojos aquella sombra negra y tenebrosa que sostenía una gran guadaña con su mano derecha.

Se le humedecían los ojos y apenas le salía la voz cuando empezó a contárselo a los amigos. A su hija pensaba decírselo cuando comenzaran las grandes molestias y los síntomas fueran casi visibles. Lucía estaba a las puertas de los exámenes que le servirían para conseguir la nota necesaria para entrar en Ingeniería en Sistemas e Informática. Siempre se le dieron bien las matemáticas y le atraían la programación y el álgebra. No podía desconcentrarla con la fatal noticia. Sabía que ello interferiría en el principal sueño de su hija: empezar la universidad.

Además, Pedro necesitaba tiempo para encajar un golpe con el que jamás había contado. Se encontraba perdido, no tenía ningún familiar cercano afectado por un cáncer, ¿por qué le había tocado a él la china? Aunque sabía que las cosas ya no eran como antes y que los avances de la ciencia, tanto en la detección temprana como en la eficacia de los tratamientos, habían hecho que aumentaran las curaciones, no podía alejar de su mente la idea de la muerte. Le costaba contener la emoción si pensaba en el futuro. ¿Llegaría a ver licenciarse a su hija?

Lucía no se quedó tranquila ni aquella mañana ni los días que siguieron, en los que Pedro seguía mostrándose distinto y cada vez más misterioso. La imaginación de la joven se había disparado, no sabía qué pensar, pero como no se atrevía a preguntarle a su madre, escribió a su amiga Kerstin. Se habían conocido el verano anterior en Las Palmas de Gran Canaria, en el hotel en el que veraneaba con sus padres, igual que Kerstin, que había volado con su familia directamente desde Gotemburgo.

Hola, Kerstin:

Sé que te va a sorprender este e-mail, pero necesito contarle esto a alguien. Verás, tú decías siempre que qué suerte que mis padres se llevaran bien, que los tuyos discuten mucho. Pues resulta que algo ha pasado. No sé si es un problema de trabajo de mi padre, pero el ambiente es muy distinto. He llegado incluso a pensar que mi padre tiene una amante. Está muy raro. Siempre frío y distante, me mira como si ocultase algo que, de saberlo, haría que me sintiese traicionada. No tengo ni idea de lo que pasa, pero necesitaba desahogarme.

Un abrazo enorme.

Hasta pronto.

XXX.

Al tiempo que Lucía mandaba este correo electrónico, su padre escribía una carta muy distinta. Cada vez estaba más obsesionado con la enfermedad. Pensaba que el hecho de querer dormir a todas horas, tener heridas que no sanaban o soñar con muertos significaba que el final estaba cerca, y decidió dejar por escrito su última voluntad:

Quiero dejar a Rosa mi sonrisa permanente, mi corazón ya lo tiene; a mi hija Lucía fuerza, alegría, un abanico de ilusiones y un cielo para soñar alto, muy alto; y a mis amigos, los mejores y más agradables recuerdos. ¡Ah! Y en mi funeral queda terminante prohibido el llanto porque significará que las tristezas por fin quedaron atrás.

Cada día que pasaba más sensible se encontraba. Pedro necesitaba refugiarse en el silencio. También le servía de gran ayuda la música. Joan Manuel Serrat y Luis Eduardo Aute eran sus cantautores favoritos. Se identificaba con las letras de sus canciones y repetía cada estribillo como una oración. Cantaba por dentro, sin mover los labios, y su corazón encontraba cierto consuelo con los tempos y mensajes de sus dos poetas preferidos.

Se encontraba tan decaído que ni siquiera era capaz de echar mano del sentido del humor, que siempre había sido su gran aliado. Sin embargo, la broma que le había gastado el destino no tenía ninguna gracia. Al principio, intentaba disimular ante los pocos amigos y familiares que sabían por lo que estaba pasando. Se decía que no tenía derecho a amargarle la vida a nadie. Ni su mujer sabía de sus momentos de flaqueza. Sin embargo, el esfuerzo por ahorrar disgustos a sus seres queridos y el miedo, que cada día era mayor, acabó por convertirle en un hombre frío y huraño.

Rosa también lloraba en silencio y la relación entre ellos se volvió amarga y tensa.

—Deja de tratarme como a un enfermo.

—Solo intento ayudarte.

—Déjame, quiero estar solo. Estoy cansado.

A Lucía no se le escapaba la tirantez del ambiente y como no tenía ganas ni sabía cómo hablarlo directamente con nadie, decidió volver a escribir a Kerstin.

Hola otra vez:

Supongo que estarás superliada con las clases y los exámenes, yo también, pero de nuevo necesito contarte que creo que mi padre ya no quiere a mi madre. Ni a mí. Cada vez tengo más claro que hay un problema gordo y que ya no quiere estar con nosotras. No sé qué habrá pasado. Estoy hecha un lío y como alguien no me dé una pista pronto de lo que está pasando, creo que me voy a volver loca.

Gracias por leerme.

XXX.

Pedro tenía claro que lo principal en su vida era su familia, el amor que habían construido a lo largo de los años, pero, estando como estaba, ¿qué pasaría mañana? Le mataba la incertidumbre. El temor hacía que se le encogieran las tripas y hasta le provocaba temblores que solo él podía percibir. A veces los síntomas de la angustia se le confundían con los de la enfermedad, pues como nunca había sentido pánico ante nada, no sabía reconocerlo. De pronto su vida se descontrolaba y no sabía qué podía hacer para evitarlo.

Los días transcurrían grises y tristes para todos. Aunque para Lucía la incertidumbre estaba convirtiéndose en rabia, pues se sentía marginada de una situación que, por supuesto, le concernía. Llegó el día en el que no pudo más.

—Mamá, quiero saber qué pasa.

—Verás, hija... —Para Rosa fue casi un alivio que Lucía le hiciera aquella pregunta—: Papá no quería que lo supieras. Pronto estarás en plenos exámenes y...

—Dímelo ya, es peor la incertidumbre que lo que tengáis que contarme.

—Papá está enfermo.

—Pero... ¿se va a morir?

—Veremos cómo responde a las sesiones de quimioterapia. Si no encuentran un donante de médula, barajan la idea de trasplantarle las células del cordón umbilical de un donante anónimo.

—¿Qué dices? ¿Cáncer? Justo estaban hablando de ello en la tele, parece ser que ese trasplante que dices es mejor cuando es de un hermano compatible, quizá el tío Gustavo lo es.

—Ya, hija, pero hace cuarenta y cinco años, cuando nació tu tío, no se conservaban los cordones, acababan en la basura.

—No puede ser. ¡Papá! ¿Por qué? ¡Qué injusta es la vida!

Lucía no daba crédito a lo que acababa de escuchar. Ni las lágrimas le salían ante semejante mazazo. Se sintió culpable por haber pensado que su padre ya no las quería. De pronto todo cambiaba. Su mundo entero se daba la vuelta y en lo último que pensaba era en la universidad, el objetivo que había condicionado todo aquel año.

Corrió a la habitación en la que su padre dormía y abrió la puerta con tal furia que este despertó sobresaltado.

—¿Es que no pensabas decírmelo nunca, papá?

—Lucía...

—¿Por qué me ocultabas algo tan importante?

—Eres mi única hija, solo tienes diecisiete años. No seré yo el que venga a destrozar tu juventud. No tengo ningún derecho.

—Me destrozaba pensar que había perdido a mi padre, y en vida, que es mucho peor.

—No quiero llevarme tus ilusiones a la tumba, si es que no consigo librar esta batalla.

—Por favor, papá no digas eso.

—Claro que voy a luchar, y con todas mis fuerzas, pero no podemos ser ingenuos. El riesgo está ahí, y lo único que quise fue ahorrarte parte de esta tortura.

—Perdona, pero esta batalla no es solo tuya. Mamá y yo estamos contigo. Esto no te ha pasado solo a ti. Es algo de los tres. —A Pedro le emocionó la madurez de su hija.

—Si es así, ¡ya hemos ganado!, ¡somos tres contra uno! —dijo intentando romper el dramatismo recurriendo al poco humor que le quedaba. Pero Lucía no se quedó conforme. Sus ojos reflejaban la angustia que sentía desde lo más profundo de sus entrañas.

Hubo un día particularmente duro para Pedro: quería saber las posibilidades que tenía de ver licenciarse a su hija, una meta que se había convertido en una obsesión para él. Los médicos no quisieron darle una respuesta definitiva. Aunque estaba respondiendo bien al tratamiento, no querían abandonar la cautela.

Pedro empezó a pensar en todo lo que se iba a perder, y cuando le vino a la cabeza que en la boda de su hija faltaría el padrino, se derrumbó. Lloró como no había llorado desde que era un niño. Se sentía vacío y desesperanzado. Por otro lado, era perfectamente consciente de que aún tenía una dura y larga batalla por delante, y que aquella tristeza que le encogía el alma no le iba a beneficiar en absoluto. De hecho, esa desolación solo servía para darle ventaja al cáncer.

En ese mismo momento tomó una determinación clave: «Quiero llevar a mi hija de mi brazo al altar. No me voy a rendir. Lucharé hasta el final». Necesitaba confiar en que aquella desgracia que se había abatido sobre él y su familia iba a ser pasajera. Necesitaba creer que se iba a curar y, más difícil aún que soportar los tratamientos y el dolor, fue empezar la remontada.

Rosa estaba continuamente pendiente del bienestar de Pedro. No quería que su marido bajara la guardia ni un momento.

—Ahí te dejo la valeriana, cariño. Ah, y el protector de estómago.

—Gracias, Rosa, esto me ayuda, pero sobre todo pensar que ya me queda un día menos de sentirme así.

—¡Quién te iba a decir que a estas alturas ibas tú a tener que ejercitar la paciencia! —Rosa intentaba poner humor en sus vidas.

—No hacía falta que fuera de esta forma.

—¡Venga, que ya está chupado! No olvides ponerte el aloe vera antes de la radio.

—Sí, como dice Serrat, «Todo pasa...».

—«... y todo queda» —continuó Rosa —. «¡Pero lo nuestro es pasar!» —dijo con fuerza intentando insuflar a su marido parte de su energía.

—Sí, lo nuestro... —murmuró Pedro abatido; sentía que estaba arrastrando a su esposa a un abismo que no le correspondía. Aún lidiaba con la culpa, esa sensación desagradable y viscosa de la que no lograba deshacerse del todo; sin embargo, Rosa sabía cómo ahuyentar todos los fantasmas que atormentaban al hombre que jamás tuvo miedo. Le abrazó, y Pedro sintió que verdaderamente no estaba solo en esto, que tenía una suerte infinita por contar con una mujer fuerte a su lado, que lejos de amilanarse, era su poderosa ancla a tierra. Pero le costaba valorar a aquel impagable faro luminoso, clave sobre todo en las etapas de más desorientación y oscuridad.

Poco a poco, Pedro consiguió sobrellevar su enfermedad, aunque no conseguía dejar de estar sumamente pendiente de los posibles signos de recurrencias, de la posibilidad de que se desarrollara un nuevo cáncer en otra parte de su cuerpo, y aunque le aterraba la palabra metástasis, lo disimulaba a la perfección cuando le preguntaban sobre su estado. Con una reserva de paciencia de la que nunca se hubiera creído capaz, fue pasando por todos y cada uno de los chequeos y tratamientos de los que constaba su espinoso camino hacia la curación definitiva.

—¡Que sí, Rosa, que sí!, ¡que tendré confianza ciega en esos ángeles en la tierra, como llamas tú a los médicos!

—Claro, porque son capaces de obrar milagros, trasplantar vida y esperanza. No te va a pasar nada si tratas de ser un paciente más obediente y con una mejor actitud, Pedro.

—Que síii, pero es que hay momentos, quizá demasiados, en los que me cuesta sobremanera —dijo apesadumbrado, y añadió, pero ya sin que Rosa pudiese oírle para evitar la reprimenda—: A veces pienso que ya es demasiado tarde.

Curiosamente, a medida que la enfermedad mostraba visos de ir remitiendo, resurgían los miedos y las inseguridades. Y paradójicamente, a medida que iba recuperando las fuerzas, era Rosa, quien más le ayudaba, la que recibía los desplantes y salidas de tono con los que Pedro demostraba su angustia. Ella, por su parte, cada día soportaba peor el mal humor y los nervios de su marido, aunque lo que realmente le sacaba de quicio era que le contagiara su negatividad y pesimismo. Aquello creaba un clima verdaderamente insostenible.

Ahora que Lucía ya lo sabía, Pedro no tenía que esconder su malestar y sus dolores. Por una parte, estaba deseando empezar cuanto antes con los ciclos de quimioterapia, aquellas sesiones con sabor a hierro que le abatían, pero que también le acercaban, aunque fuera solo un poco, al sueño de poder estar más tiempo al lado de Rosa y de Lucía. Sin embargo, lo que ellas percibían era la actitud amarga y hostil de Pedro, que, cansado y pesimista, parecía que se rendía antes de empezar.

La radiación le dejaba anulado y dolorido, y la quimioterapia hizo que se le cayera todo el pelo y que no quisiera comer. Para reducir las náuseas y vómitos le recomendaron tomar jengibre.

—¡Pero si yo no he pisado un restaurante japonés en mi vida! A Lucía le gustará esa planta con sabor a colonia, ¡pero a mí no! —Pedro, que era más de puchero y chuletones, se mostraba testarudo.

—Si lo tomas con ese escepticismo, no te hará efecto. —Había días en que a Rosa se le acababan las fuerzas.

Quizá por autosugestión, quizá porque no tenía otra cosa a la que agarrarse, ya que no conocía a nadie que vendiese marihuana, otra sustancia que producía un efecto similar, acabó incorporando a sus comidas esa extraña raíz tropical casi como si fuera la barra de pan. Rosa le preparaba continuamente infusiones de jengibre, o lo echaba crudo tanto en ensaladas como en guisos, a los que teñía de su singular e intenso sabor.

A Pedro le daba igual porque estaba perdiendo el gusto y, lo que siempre creyó imposible, hasta el apetito. Y es que el tratamiento le dejaba sin hambre. Le dijeron que, aunque no quisiera, tenía que comer varias veces al día, pero se llenaba enseguida.

—¿Por qué no me sabe a nada? —Su rostro mostraba agotamiento y rabia.

—Será efecto del tratamiento.

—Me duele al tragar. No aguanto estas llagas.

—Vamos a dar un paseo para que te dé un poco el aire.

—Déjame, Rosa, estoy fatigado, mejor me acuesto y no soy más lastre para nadie.

A Rosa le partía el alma verle tan abatido. A veces, aunque le doliera, respetaba sus deseos sin decir nada, sabiendo que su marido necesitaba estar solo.

Lucía pasaba muchas horas en la biblioteca, donde no podían llegar los quejidos de su padre. En casa se refugiaba en el ordenador para no tener que entrar en las discusiones de sus padres que siempre acababan sacándole de quicio. Un día, abrió su correo y encontró por fin una respuesta de Kerstin:

Hola, Lucía:

Perdona el retraso, pero sí, ciertamente las clases me roban mucho tiempo, ¡en tres meses estaremos en la universidad! No puedo creerlo. Espero que las cosas en tu casa estén mejor. ¡Ah! Ha llegado una información al colegio mayor en el que por fin conseguí plaza que quizá te interese: es sobre un congreso al que van ponentes internacionales y promete ser muy inspirador, ¡ojalá estuviera en España! Te adjunto la info pero te adelanto el título, que es bastante revelador: «Lo que de verdad importa». Anímate a ir.

Te quiero mucho.

XXX.

Precisamente en aquel momento, con su padre desesperanzado e irritable y su madre consumida y nerviosa, Lucía necesitaba oír más que nunca algo que le devolviese la esperanza y el optimismo. Quería volver a ser la joven entusiasta y animosa que consiguiera tirar del pesado carro en el que se estaba convirtiendo su casa. Así que no se lo pensó dos veces y se apuntó al congreso. Volvió como si hubiera tenido una revelación, e inmediatamente quiso darle las gracias a su amiga.

Kerstin:

Vengo impresionada del congreso que me recomendaste, mira qué hora es y ni sueño tengo de tanta emoción vivida. No sabía que había gente que compartiera sus experiencias de vida para ayudarnos a todos. Ha sido todo un descubrimiento. El que más me ha impactado de todos ha sido un chico, un poco mayor que nosotras, que sin poder mover apenas su cuerpo de cuello para abajo, hace una vida prácticamente normal y ¡hasta está a punto de licenciarse en Informática! Sí, guapa, ¡alucina! Le tenías que oír ¡dando gracias encima por todo! Menuda capacidad de contagiar valores y optimismo a los demás, ¡cuánta sabiduría! Me chocó tanto. Y es que todo esto contrasta muchísimo con lo que estamos viviendo en casa. Al final no te lo dije. Mi padre tiene cáncer. Lo peor es que yo creo que se puede curar si le planta cara y se olvida de que es un enfermo, pero en vez de eso, se pasa el día quejándose, centrándose solo en lo negativo y, lo que es peor, amargando a mi madre. Pero bueno, que no te quiero amargar a ti también. Solo agradecerte una propuesta que no podía haberme llegado en mejor momento. ¡Ah!, y hasta conocí a un chico. Parece tímido, pero tiene algo que me atrae muchísimo. Uf, no puedo dejar de pensar en él, ¡eso ya es preocupante! Te seguiré contando.

XXX.

Pedro había oído muchas veces que el cáncer podía deberse a una somatización de angustias que no habían sabido manejarse o que, directamente, se habían negado. Hizo un rápido repaso a su vida y comprobó que en los momentos en los que el trabajo le había provocado ansiedad, Rosa siempre le había ayudado a encontrar rápido una solución. Así que en su caso esa teoría fallaba. ¿Y qué angustia o emoción podía haber somatizado en el pequeño e inocente cuerpo de un niño? Definitivamente, no le convencía esa idea de que el cáncer se lo podía generar uno mismo. Cada vez que pasaba por la planta de oncología infantil, se le caía el alma a los pies.

—Creo que me voy a morir —le dijo uno de los niños que caminaba empujando la máquina que le suministraba la medicación necesaria.

—¿Por qué dices eso? —Pedro le escuchaba horrorizado.

—Mi madre ya no me manda tanto, eso es porque me voy a morir.

Pedro veía muy injusto que los niños tuvieran que atravesar su mismo calvario. Le dolía pensar cómo llevarían los continuos y dolorosos pinchazos, las náuseas, ese sabor metálico que no lograba eliminar con nada. Se preguntaba cómo lidiarían los más pequeños con los insomnios, las fatigas, los vómitos, los picores. Lo que Pedro llevaba peor, probablemente por haber tenido una vida tan saludable, era estar expuesto continuamente a las infecciones. ¿Y los niños? Le costaba encontrar una respuesta a tanto sufrimiento.

Sin embargo, los familiares de aquellos pequeños le daban lecciones casi cada día. En la planta infantil las ganas de vivir y las actitudes positivas generaban un aroma que invadía y cautivaba a todo el que pisase aquella zona. Un día, una madre le dijo a Pedro algo que jamás olvidaría:

—Nadie me garantiza que pueda dar años a la vida de mi hijo. Así que trato de dar vida a sus años.

—¿Cómo se consigue eso?

—Pues tratando que el tiempo tenga que estar con nosotros sea lo más feliz que se pueda.

—No me imagino si...

—Y si se va, es porque estará en un lugar mejor.

Pero a Pedro le seguía costando comprender que hubiese en el mundo tanto dolor. Cada día conocía historias nuevas y se sobrecogía con los gestos de infinita solidaridad que parecían más de ficción que de pura realidad. Le impactó que Jorge donara a Felipe su riñón porque sabía que su cáncer era incurable, pero que su riñón podía seguir funcionando en otro cuerpo. Así, Felipe se recuperó de un transplante de riñón, y Jorge se fue de la mejor forma que se puede abandonar este mundo: dando vida.

Por fin acabaron los exámenes y Lucía consiguió las mejores notas. No tendría problema alguno para matricularse en Ingeniería, pero había acompañado a su padre a tantas pruebas y hospitales que decidió cambiar de carrera.

—Voy a estudiar Medicina —les dijo el mismo día que supo que su media le permitía elegir licenciatura holgadamente—, así al próximo voluntariado que vaya, iré como personal sanitario. —Le acababan de confirmar que tanto ella como Lucas habían conseguido la plaza para ir a Guinea, y estaba loca de contenta—. Trabajaré e investigaré hasta que el cáncer se pueda curar. —Esa perspectiva infundía un nuevo brillo en su mirada.

Para Lucía fue clave que el médico le asegurara que su padre no corría riesgo alguno para decidirse a emprender un largo viaje sin que le atenazara el miedo a no volver a verle. Para Pedro, la decisión de su «niña» también fue una inyección de moral: por fin su pequeña recuperaba los sueños y su enfermedad dejaba de condicionarlo todo. Aunque los avances eran lentísimos y él no pudiese detectarlo, estaba avanzando.

—Hija, disfruta mucho de tu viaje, pero no dejes de mandarme energía positiva que la voy a necesitar.

—Claro que sí, papá. La energía que no queme en las actividades que me manden, irá toda para ti.

Ya en Guinea, Lucía se encontró con un Lucas incapaz de sostenerle la mirada, mucho menos de acercarse a ella, invadido por una timidez que no había experimentado nunca. «Si no soy así, ¿por qué me pasa esto?», se preguntaba mientras sentía un extraño aunque no desagradable hormigueo por todo su cuerpo.

La primera noche hicieron un fuego de campamento para que todos los voluntarios se conocieran y repartirse las labores. Lucía se sentó al lado de Lucas, que miraba hacia abajo y si intervenía, lo hacía con monosílabos. Al acabar las instrucciones y tras una canción africana al ritmo de los timbales bajo el embrujo de una noche estrellada, los voluntarios se fueron retirando a las tiendas de campaña asignadas.

Lucía y Lucas no se movieron. Parecían hipnotizados por las chispas que bailaban sobre el fuego.

—Por el chat parecías mucho más extravertido. —La luz del fuego intensificaba el brillo de los ojos de Lucía y la penumbra hacía resaltar aún más su belleza.

—Sí... Me alegra que al final pudieras venir, eso es que tu padre está mucho mejor.

—Sí, bueno, aún está en pleno proceso.

—Entonces, ¿cómo es que has venido?

—Mi madre pensó que me vendría bien un poco de desconexión y si es por una buena causa, mejor que mejor. Tu amigo Dani fue una gran inspiración, ¿cómo le conociste?

—Uf, es largo de contar. Digamos que «una buena causa» se convirtió en mi cable a tierra. Hasta hizo que me sacase el carnet de conducir. ¡Ni mi madre lo había conseguido!

—Es un chico muy especial.

—Y por cierto, ¡ya es informático!

—¡Ostras! ¡Qué tío! Dale la enhorabuena de mi parte, ¿tú que estudias?

—De momento, la manera de encontrar un lugar en la vida. —Lucía se quedó muda.

Aquella noche se despidieron con dos cariñosos besos, el segundo en la comisura de sus labios, lo que además de excitación mutua, confirmaba las sospechas de ambos de que ahí había algo más que amistad.

Tras varios días de duro trabajo, la complicidad crecía entre ambos de forma irremediable. Lucas se sentía cada vez más cómodo y aquel joven retraído dejaba paso a una persona entusiasta y feliz. El contacto con las sonrisas y la felicidad de una gente que teniendo poco, disfrutaba mucho, empezó a hacer que asomara otro brillo en su mirada.

Una noche, mientras contemplaban las estrellas, Lucas se sorprendió a sí mismo haciendo lo que siempre había considerado un gesto anticuado y repipi: se quitó la camiseta de manga larga que llevaba y se la ofreció caballerosamente a Lucía. A ella le pareció un gesto muy romántico. Cuando se metió la prenda por la cabeza, le llegó su olor, y aquello fue tan excitante, que irreprimiblemente se fue acercando a él hasta que pudo sentir el calor de sus muslos, lo que Lucas aprovechó para rozar levemente su cuerpo. Aquel juego fue aumentando por momentos el deseo y una atracción que cada vez quedaba menos oculta. Aunque quisiesen disimularlo, se estaban enamorando perdidamente.

—Es increíble cómo esta gente disfruta de todo —dijo Lucas para romper un incómodo silencio.

—Sí, ni siquiera quieren que las clases acaben, igualito que en España, que están todos deseando hacer novillos. —Lucas bajó la cabeza avergonzado, como si ella supiera que él cabía en ese saco—. Y contigo se lo pasan fenomenal, ¿no? Hablan mucho de su «profe de gimnasia».

—Les encanta el fútbol, son muy buenos en todos los deportes.

—La verdad es que ha sido un acierto venir aquí.

—No te imaginas cuánto. —Clavó sus ardientes ojos en los de Lucía. El cosquilleo que le produjo aquella penetrante mirada fue tan grande que incluso le produjo una leve sacudida—. ¿Qué te pasa? ¿Tienes un poco de frío? Ven. Acércate más a mí —prosiguió con una ternura en la que Lucía se iba deshaciendo lentamente.

La abrazó con delicadeza y Lucía pudo respirar aún más de cerca el embriagador aroma de aquel hombre. En ese instante, Lucas sintió cómo se derrumbaban los muros entre ellos, y la besó con una pasión que nunca había conocido. Lucía resolvió abandonarse a aquella arrebatadora e irresistible mezcla de caballerosidad y pícara seducción. Fue la noche más tierna y especial que había vivido en su vida.

Los organizadores quedaron muy satisfechos con el trabajo de Lucas en los talleres de deporte y el de Lucía como profesora de Sociales.

Aunque prometieron volver a verse en cuanto llegaran a Madrid, la despedida fue amarga. No querían dejar la tierra en la que habían conocido el verdadero significado de la generosidad, del sentido de la vida y que, además, había sido testigo de la noche más romántica de sus vidas.

Al poco de regresar, Lucía le pidió a Lucas que fuera a su casa con la excusa de ver las fotos del viaje. Ordenó cuidadosamente su habitación, se vistió para la ocasión y roció su cuello y muñecas con el perfume que la había acompañado en su aventura africana, para despertar en Lucas algunos de los maravillosos recuerdos que compartían. Puso el CD de Pablo Alborán y justo cuando escuchaba con la piel de gallina la canción *Te he echado de menos,* sonó el timbre. Pudo sentir cómo se aceleraba el ritmo de la sangre corriendo por sus venas.

Se dieron un rápido y tímido beso en los labios, y Lucía se dirigió al aparato de música para bajar el sonido.

—No lo bajes, me encanta.

—Pensé que tenías otros gustos musicales.

—Fíjate si me ha cambiado Dani, ¡que he pasado del *tecno* y la música *house* a escuchar a este chico!

—Tiene una voz tan especial... y su sensibilidad te atraviesa...

La banda sonora escogida con tanto acierto hizo que el ambiente se volviera mágico y la felicidad de ambos palpable, pero por desgracia aquella cita coincidió con uno de esos días en los que la desmoralización de Pedro arrasaba con todo lo que encontraba a su paso.

—Han sido los días más especiales de mi vida —le estaba diciendo Lucas, mirándole fijamente a los hechiceros ojos verdes, cuando el silencio y la magia se rompieron con los gritos de Pedro.

—¡Lucía! ¿Dónde está tu madre?

—Salió a comprar, ¿por?

—No puedo más con esto. —Pedro empezó a quejarse a voces. Su mal humor hizo que se desvaneciera la atmósfera de romanticismo que envolvía a la joven pareja.

—Lucía, creo que es mejor que me vaya. Nos vemos en otro momento.

—Sí, mejor.

—Y, de verdad, si necesitas cualquier cosa, llámame.

—Gracias. Adiós.

La desilusión no consiguió apagar ese cosquilleo que a Lucas le hacía sentirse tan vivo, tan afortunado, tan feliz.

Cuando Rosa llegó, comenzó, como era habitual, una nueva discusión, pero esta vez no acabaría como las de siempre.

—Hola, hija, pero ¿no venía a verte Lucas? —antes de que Lucía pudiese contestar, apareció Pedro.

—Se fue, por mi culpa, lo estropeé todo, como siempre. Vale más que me muera de una vez y os deje en paz.

—Mira, Pedro, ¡se acabó, ya no puedo más! —le cortó Rosa tajante —. Estoy harta de escuchar tonterías.

—Perdona, Rosa, pero es que no sé si voy a ser capaz. —Pedro todavía no acababa de enterarse de que la Rosa que tenía enfrente no estaba dispuesta a dejar que se hundiera en la autocompasión.

—No es que no seas capaz, es que ¡ni siquiera te atreves a intentarlo!

—Me canso, me desespero, es todo muy difícil —intentó defenderse Pedro una vez más.

—Tu derrotismo no ayuda en absoluto. —Ese día Rosa decidió no andarse con contemplaciones.

—La quimio no está dando los resultados que debería.

—Con más motivo tendrías que luchar sin tregua.

—Pero la incertidumbre me mata.

—¡Como a todos! Tienes que ser fuerte, y sobre todo estar más positivo y, sin embargo, haces todo lo contrario.

—A veces parece que no entiendes cómo me siento.

—¡Otra vez con la misma cantinela! ¿Acaso tú nos entiendes a nosotras?

—No creo que merezca esto.

—Nadie merece una enfermedad, Pedro. Pero ¿qué pasa con tu familia? Lo estamos sufriendo igual o quizá más que tú, pero no podemos permitirnos quejas ni lamentaciones. No te imaginas lo duro que está siendo para Lucía.

—Por eso mismo no quería que supiera nada.

—Por eso mismo ¡tienes que poner de tu parte!

—Lo hago.

—No lo haces. Has tirado la toalla antes de tiempo.

—Rosa... yo...

—Creo que te vendría bien estar solo. Justo estos días Lucía tiene unas convivencias con la gente del voluntariado y yo... Mira, llevo días pensándolo, no me atrevía a hacerlo. Mi hermana me llamó para que fuera con ella al pueblo, a ayudarle con la reforma de la casa, le dije que no, pero creo que voy a ir.

—Está bien, será mejor que no sigas viendo cómo me deterioro.

—Y a mí me vendrá bien ir al pueblo y estar con mi padre y mis hermanas. —Rosa, inflexible, decidió que por mucho que le costara, no iba a entrar al trapo del chantaje emocional que le estaba haciendo Pedro. Le había costado llegar a ese punto, pero ya no iba a dar marcha atrás.

—Pero tú no me puedes dejar así.

—Creo que los tres lo necesitamos. Será como un paréntesis que nos irá bien a todos.

Rosa tomaba pocas decisiones, pero cuando lo hacía, las llevaba a término sin fisuras ni titubeos. Y una vez más, no lo hacía precisamente por ella.

Pedro sabía muy bien que el sufrimiento a veces se instalaba en su cerebro para sabotear cualquier atisbo de esperanza. En esos malos momentos, lo único que hacía más llevadero el trance por el que estaba pasando era echar la culpa de sus molestias, temores, dolor e incertidumbre a quien estuviera más cerca, por injusto que eso fuera.

Pero ahora la ausencia de su mujer cayó sobre él como una pesada losa. Mirase donde mirase, solo la veía a ella. Su rostro lleno de amor, su callado trabajo, su constante disposición perseguían a Pedro allá donde fuese. Podía verla reflejada en cada esquina, componiendo cada estancia, solucionando cada desperfecto; por fin se daba cuenta de lo necesaria y vital que era su mujer. Pero hasta ella, que jamás había caído ni en quejas ni en reproches, tenía un límite.

«¡Bastante ha aguantado!», tuvo que reconocer Pedro. Hasta ese día no fue plenamente consciente de que siempre había sido ella la que había tirado de los dos, de su hija, de la casa. Qué poco caso hacía a las palabras que Rosa más repetía: lucha, entrenamiento, esfuerzo, mejoría, ilusión. Nunca habló de enfermedad, barreras o limitaciones. Incluso antes del diagnóstico de Pedro, era ella quien conseguía transmitir alegría frente a las penas y calma en los momentos más turbios.

El enorme vacío que Pedro sintió tras la marcha de su mujer dio paso a tal admiración por ella que más parecía pura veneración.

Aquel alejamiento le sirvió para saber cuánto la necesitaba y sobre todo, cuánto la amaba. Empezó a dar muchísimo más valor a su matrimonio, que claramente había sido el férreo sostén de su vida.

Rosa conseguía resolver los problemas cotidianos, grandes y chicos, mientras Pedro vivía absurdamente angustiado por ellos. ¿Cuánto tiempo habría malgastado dando vueltas sin sentido? ¿Por qué no había sido capaz antes de ver la vida como lo hacía ella?

Ahora que sentía que la vida se le escapaba entre los dedos, se lamentaba por no haber aprovechado cada instante cuando estaba sano, pero sobre todo de no haber correspondido a su mujer como merecía. También se reprochaba a sí mismo no haber dado la importancia que merece al sencillo hecho de reír, de vivir el momento.

Decidió no perder más tiempo y empezar a llevar a cabo los consejos que le habían dado otros enfermos que atravesaban por una situación similar a la suya. Para empezar, solo con visualizarse en un estado mejor, se suponía que ya se habría ganado una batalla.

La terapia consistía en imaginar el cuerpo por dentro y borrar las partes dañadas con una goma de borrar. A pesar de que aquello le había parecido un recurso muy ingenuo y fantasioso, ¿quién sabe?, si en su mente era capaz de convertir las células malas en buenas, quizá podría extrapolar ese truco a su cuerpo. «Si así lo deseo, así será», se repetía sin cesar. Como le señalaron, tenía que confiar en su poder mental, el primer paso para que todas esas visualizaciones terapéuticas surtieran efecto.

Lo hacía por Rosa, para que cuando volvieran a verse, tuviera un avance que contarle.

Lucía, a la vuelta de las convivencias, se encontró con tales novedades, que se apresuró a compartirlas con Kerstin.

Hola, amiga:

¡La de cosas que tengo que contarte! Bueno, voy por partes: primero, decirte que mi madre se ha ido al pueblo a ver si mi padre reacciona de una vez, y parece que ha hecho efecto porque desde que volví a casa es otro, creo incluso que se ha propuesto reconquistarla, sí, ¡como en las películas! ¿No es superromántico? Después... ¡que em-

piezo Medicina en octubre! Y respecto a Lucas..., no te puedes imaginar lo feliz que estoy. Al principio estaba un poco frío, como desconfiado, le costó quitarse la coraza de niño malo (aunque entre tú y yo, esa fue la faceta que más me atrajo desde el principio ;)) pero en el voluntariado al que te dije que quizá iba, en Guinea, pasó algo mágico entre los dos y ahora estamos todo el día escribiéndonos y viéndonos cada vez que podemos. Además está siendo una gran ayuda con todo lo de mi padre; estos días que no está mamá, hasta le ha llevado al hospital un par de veces. Espero que tú también estés fenomenal y que tengas ya plaza en la universidad.

¡Un abrazo enorme y que vaya todo genial!

XXX.

Rosa estaba al tanto de los movimientos de su marido y su hija. Aunque en la distancia podía vislumbrar el éxito de su decisión, lo que jamás imaginó, ni en sus mejores sueños, fue lo que ocurrió a continuación, en aquella calurosa tarde.

—Rosa, hay alguien fuera que te busca.

—¿A mí? No creo, no espero a nadie. —Al salir de la casa en la que había pasado su infancia, vio a Pedro con un gran ramo de rosas rojas.

—¡Pedro!

—Rosa...

—¡Qué bien te veo! ¡Estás mucho más recuperado!

—He venido para decirte que quiero empezar una nueva vida. A partir de ahora mi único objetivo es devolverte todo el amor que nos has dado y todas las sonrisas que mi egoísmo y mi mal humor te han robado. —A Rosa se le saltaron las lágrimas—. No he valorado tu apoyo, estaba seguro de que estarías siempre ahí. Sin embargo, fueron muchos días, demasiados, los que no merecí tu cariño. Ahora quiero compensarte, si es que aún estoy a tiempo. —Rosa trataba de contener la emoción—. Y, por supuesto, voy a luchar, porque no quiero tener que dejar de ver ni un solo día más ese brillo de tus ojos. —Rosa le abrazó con todas sus fuerzas y comenzó a llorar como nunca lo había hecho. Aún entrelazados, entraron en la casa como dos adolescentes enamorados.

Quizá no por casualidad, a partir de ese día Pedro comenzó a experimentar mejorías considerables, hasta tal punto que los médicos decidieron posponer el trasplante de células madre del cordón umbilical de un donante.

Pedro se vio tan positivo y capaz, que decidió visitar a aquellos niños que estaban librando su particular batalla contra el cáncer. Pero esta vez, lejos de sentir tristeza, compartió con ellos sonrisas e ilusiones. Le llamaron la atención los dibujos de las paredes. No había reparado en el colorido de aquellos animales, los guerreros dispuestos a vencer el mal, las flores de cartulina, los pósteres firmados por deportistas famosos... Todo ello convertía el hospital en un lugar a salvo de todo peligro, y si acechaba, habría quien lo hiciera frente.

Se acercó a un grupo de niños sin pelo atados con cables a máquinas o botes que goteaban constantemente el líquido de su salvación. También había padres, pero lo que más le llamó la atención fue la frescura y naturalidad con la que hablaban de su paso por allí, de los que se curaron, de los que ya les esperaban en el cielo.

—¿Qué estáis haciendo?

—Chiss, es un truco de magia. —Pedro observó en silencio la representación y al terminar se unió al grupo de animadores y payasos que visitaban a los que no salían de sus habitaciones.

Quedó admirado al ver que en vez de niños llorando, protestando o quejándose, hubiese pequeños sonrientes, juegos, magia, cuentos y mucha esperanza en los ojos de los familiares.

Esa misma tarde llamaron a la puerta.

—Hombre, Lucas, ¡pasa!

—Te veo muy bien, Pedro.

—Parece que la cosa se estabiliza, muchas gracias por tu ayuda y siento si algún día fui un poco gruñón.

—¿Un poco, solo? —Lucía apareció por el pasillo; con un vestido escotado y el pelo suelto, estaba aún más guapa que en los sueños de Lucas.

—Bueno, hija, tampoco exageremos. Todos pasamos momentos malos.

—Venga, papá, que nos gusta mucho quejarnos. —Lucía le dio un beso, dio la mano a Lucas y bajaron a la calle —. ¿Dónde me llevas? —preguntó intrigada.

—Es una sorpresa. Si te lo digo...

Y Lucía pudo revivir la emoción de aquella noche irrepetible en África tras cenar en un restaurante japonés que le habían recomendado, su comida favorita, gracias al primer sueldo de Lucas como ayudante de entrenador de niños que se iniciaban en el fútbol.

Es emocionante darse cuenta de que el amor fue lo que salvó a Pedro. Y probablemente a Lucas. ¿Y a cuánta gente más? Cada vez estoy más segura de que el amor cura. Y para quien no tiene al lado alguien como Rosa, es igual de efectivo apostar por las capacidades humanas, por una actitud positiva, por la confianza en uno mismo. Y es que el optimismo tiene unos frutos tan beneficiosos que es, sin duda, el gran ingrediente para superar todos los retos que la vida o nosotros mismos nos pongamos.

Precisamente, en los momentos más difíciles, aflora la esperanza como un torrente de vida. El hecho de luchar, tomar las riendas de su vida, emplear todas las fuerzas que requería su curación supusieron para Pedro un progreso y una satisfacción personal que hizo que la vida, que parecía desvanecerse, le diera una segunda oportunidad.

A mí también me ha curado el amor. Muchas veces. Por eso jamás podré dejar de decir GRACIAS.

La más importante quizá fue cuando conseguí librarme de las constantes infecciones que tuve a raíz de aquella oseointegración que muchos seguisteis a través de mi querido

Saber que se puede. *Pues bien, casualmente, el fin de la desmedida ingesta de antibiótico y pinchazos coincidió con la llegada de Juan Pablo a mi vida. También la fe hace milagros. Juntos visitamos a la Virgen de Guadalupe, en México, pero sí, todo pura casualidad.*

Hoy es el gran día, por fin veré a Elsa, pero antes de que llegue me he propuesto completar esa limpieza de cosas que tengo pendiente.

—Buenos días, amor. —Juan Pablo ya me ha preparado el mate cocido al que me aficioné en nuestro último viaje a Mar del Plata, donde Carlos pudo disfrutar de sus abuelos paternos, y está terminando de hacer el croissant a la plancha que sabe que me vuelve loca. En su familia es costumbre llevar el desayuno a la cama, pero yo me siento demasiado mimada e incluso a veces algo incómoda por estar en deuda. Siempre digo que algún día lo haré yo, y nunca lo hago.

—¡Gracias, mi vida! ¡Energía es lo que necesito para hacer todo lo que tengo pensado hoy!

—Bueno, yo me voy a entrenar y cuando vuelva, ¡prendo el fueguito!

—¡¿Asado argentino?!

—¿Qué creés? Tenés visita, ¿no?

—¡Genial! Seguro que mami y su amiga se apuntan cuando les llegue el olor de la leña ardiendo.

—¡Ah! ¿Se quedó Julia a dormir con tu mamá?

—Sí, creo que venían a recogerla luego Lucas y Lucía.

—Pues deciles que se queden a comer.

—¿A ellos también? ¡Perfecto! ¡Cómo te encanta cocinar para muchos!

—Pues sí, ¡qué más me da echar a la parrilla un pollo y una entraña más! Deciles, deciles, ¡hay mucho que festejar!

—¡Genial! Me acabas de dar una gran idea, quizá es tarde para avisarla, pero quería que viniese otra amiga.

—¿Ana?

—¿Por qué siempre adivinas todo lo que pienso?

—¿Porque soy tu marido?

—A veces me asusta tu capacidad de meterte en mi cerebro.

—Cielo, venga, decime quién más querés que venga. Con tu hermana, mi cuñado y los nenes, también cuento.

—Sí, ellos no se pierden un asado tuyo. Bueno, pues luego te mando un mensaje confirmándotelo, así te pasas por la carne después del entrenamiento.

—Perfecto, amor. Dale, ponete las pilas con lo que tenés que hacer y a la vuelta preparo todo.

—¡Entrena duro! —Nos damos un largo beso y Carlos, como siempre, nos mira fijamente con una sonrisa amplísima. Le miramos y nos volvemos a besar—. ¿Por qué se parte de risa este renacuajo cuando nos besamos? —me pregunto en voz alta.

—Porque le encanta que sus papás se amen. —Le sonrío emocionada, no puede haber mayor felicidad que la sonrisa de un hijo, más aún si está motivada por lo más grande que hay en el mundo: el amor.

Juan Pablo se come a besos a nuestro hijo y sale vestido de tenista con su raquetero. Han pasado muchos años desde que dejó de competir, pero no pierde el hábito ni la destreza en pista. Me encanta que siga entrenando, que ejerza también de profesor y, por supuesto, que me siga animando a competir en esquí adaptado pese a que, como él dice, sufre cual mujer de torero hasta que me bajo del monoskí. Pero sabe que el deporte es esencial para mí y una magnífica forma de disfrutar de la vida.

Rodeo a Carlos de juguetes a sabiendas de que no durará mucho este entretenimiento y me dispongo a ordenarlo todo.

Dados los malos tiempos que la crisis económica ha propiciado, quiero donar ropa, calzado, adornos y objetos que apenas usamos a mercadillos solidarios. Hay tantas cosas que acumulamos y que no nos sirven para nada. Tengo que confesar que esto no es solo un acto solidario, sino que lo hago también por egoísmo. Necesito desprenderme de un pasado que, si bien jamás voy a olvidar, es solo eso, pasado.

Además, tener muchas cosas materiales agobia. Te sientes atado a ellas. Almacenar ropa, regalos o recuerdos es tener por tener. Al final solo usas lo imprescindible y acumular tanto objeto inservible a veces hasta aturulla.

Para evitar aturdirse está el trastero, que se va llenando de enseres de forma inútil y quizá para siempre. Algo que también acaba desquiciando a cualquiera. Los recuerdos quedan en el corazón, y para cuando las lagunas mentales amenazan con hacernos olvidar etapas enteras de nuestra vida, están los álbumes de fotos. Gracias a ellos podemos traer al presente instantes irrepetibles. Esos sí los conservo, para refrescar momentos que no quiero olvidar, para reír, emocionarme, evitar amnesias.

Justo acabo de rescatar una foto. Es de Guinea. Lucas rodea con el brazo a Lucía que sonríe con cara de enamorada. Él seguro que también, pero sus oscuras lentes impiden ver lo que expresa su mirada.

Estoy ensimismada en una foto que parece una postal cuando el grito de Carlos me alerta de que ya se ha cansado de agarrar y soltar con fuerza todo lo que encuentra a su paso estampándolo contra el suelo. Hasta el piso superior ha llegado su exclamación.

—Hola, Iri, ¿puedo jugar con él antes de irme al pueblo? —Rosita entra tras dar unos suaves golpes en la puerta. Ya es como una hermana más.

—Fenomenal, así ordeno este tinglado. —Tengo cajas, adornos y fotos por todas partes.

—¡Genial! Ven aquí mi niño precioso. —Carlos se tira a sus brazos con una enorme sonrisa—. Me lo subo.

—¿Y mi madre y Julia?

—Ahí las he dejado, desayunando.

—¿Bajan a comer con nosotros al final?

—Claro, ¿cómo se van a perder el asado de tu marido? —dice Rosita.

Subo con Rosita y mi niño a dar los buenos días y encuentro a Julia y a mi madre hablando de la mejoría de Pedro.

—Si es que hasta los médicos lo dicen, que nada tiene que ver la recuperación de un enfermo triste, pesimista, que cree que se va a morir, con el que sabe que está en una etapa dura, pero que se recuperará y volverá a llevar una vida normal —intervengo.

—Está claro que la actitud es decisiva en cualquier recuperación —dice Julia.

—El optimismo es vital ¡y se puede aprender! Como todo en la vida, es cuestión de práctica, constancia y entrenamiento —dice mi madre.

—Me encanta tu madre, es que lo ve todo siempre tan fácil —apunta Julia mirando a mi madre con gran admiración.

Me despido de las tres y de mi bebé y continúo metiendo en una caja lo que vamos a regalar. La limpia tanto física como emocional que supone aligerar equipaje y remover el baúl de los recuerdos, nos recuerda también de dónde venimos. Algo que Ana no debió olvidar nunca.

Guardo la foto de Guinea y pienso: mientras unos atraviesan continentes enteros para dar sentido a sus vidas, hay quienes tienen que volver a sus orígenes para encontrarse. Fue en el barrio en el que me crie donde volví a verla. Allí vive mi padre con Corea, una preciosa pastor alemán.

—Papi, voy a verte y paseamos a Corea con tu nieto —le dije un día.

—Claro, «Marita». —Me quedé con este mote desde que en nuestras acampadas, cuando era una niña, escuchábamos las cintas de Cafrune y Marito, que tanto le gustaban a mi padre —. Como siempre te digo, «Aluche también existe».

—Que sí, papá, que sí. Si sabes que voy al barrio siempre que puedo. —Me encanta pasear por el vecindario, que se volcó con nosotras cuando tanto lo necesitamos. Lo que no imaginaba es que iba a cruzarme con Ana.

—Pero ¡cómo tú por aquí! —La vi tan diferente. Claro, habían pasado más de veinte años.

—Sí, hacía mucho que no venía al barrio. He seguido tu vida por los medios, sé que has pasado momentos difíciles. Perdona por no haberte llamado cuando lo de tus operaciones,

me enteré, pero no estaba yo para dar ánimos a nadie. También supe lo de tu hijo, enhorabuena, me alegró mucho saber que te va bien. Yo también tengo una historia que contar.

—Me encantaría escucharla, cuando quieras quedamos y me cuentas tranquilamente.

Ana

Desde que estaba sin trabajo los días pasaban muy lentamente. No sabía qué hacer para llenar sus horas. Si seguía así, acabaría sumida en una depresión, pero no sabía qué podía hacer para evitarlo. No tenía ganas de comer ni de salir. No quería ver a nadie. Solo deseaba estar metida en la cama, tapada hasta la cabeza.

Hacía apenas una semana estaba gritando a una de sus empleadas:

—¡No me importa cómo, pero soluciónalo! Voy a terminar frenética por vuestra culpa.

—Pero, Ana, no depende de nosotras: es el cliente el que no quiere continuar con la empresa.

—Ya te he dicho que no me contéis penas. Recuperad su confianza como sea. ¡Y no me molestes más!

Ana tenía mucho genio. Si alguna vez se hubiera escuchado, se habría asombrado de sí misma. No se imaginaba que era tan mandona y testaruda. Su despotismo y su soberbia le impedían controlar los sapos y culebras que salían de su boca al mínimo contratiempo. Era como un fuego incontrolado que cuando se prende no deja más solución que salir disparado en dirección contraria si uno no quiere quemarse o acabar directamente abrasado.

Ana no era consciente del daño que causaba a quienes trabajaban con ella. No sabía que sus salidas de tono, sus gritos y sus ordeno-y-mando minaban cada día un poco más la moral de sus compañeras, que, por desgracia para ellas, se convirtieron un día en sus subordinadas.

Los arranques de genio de Ana fueron malinterpretados por el director general de la empresa: era la vehemencia y el empuje que le hacían falta al área de márketing de la multinacional que dirigía. Sin embargo, mucho antes de que le propusiera ese puesto tan apetecible y elevado, Ana se había encargado de allanar el camino y ganarse el ascenso con técnicas poco profesionales.

Juan Rodríguez no era tan ingenuo como para no captar las señales que lanzaban los ojos libidinosos de Ana y para interpretar de manera inequívoca sus poses provocativas. Al principio solo se mostraba así en su despacho, pero cada vez tenía menos reparo en exhibir sus descarados acercamientos en lugares públicos. Pensaba que cuanto más natural y espontánea pareciese, menos sospechas levantaría y esto redundaría en beneficio de ambos. Ana trataba de despertar el interés de Juan, pero también su deseo. Cada vez se sentía más desinhibida con su jefe porque este en ningún momento supo frenar sus descarados actos como ella se merecía.

Aunque los primeros días de asedio no recibió una respuesta positiva clara y automática, como le había ocurrido con tantos hombres, el juego le gustó.

El señor Rodríguez pudo poner punto final y, sin embargo, no lo hizo, y aunque lo hubiera hecho, Ana habría seguido con su estrategia. No se rendía fácilmente. Al fin y al cabo, no hacía daño a nadie. El hecho de que su jefe llevara casado veinticinco años y tuviera cuatro hijos no era su problema.

Ana, después de muchos días de acercamientos por los pasillos, de rozarse de forma supuestamente inocente en el ascensor y de miradas lascivas, empezaba a sentir verdadera atracción por Juan. Y, aunque en principio iba a ser una víctima más de sus encantos, abatido a la primera por sus armas de mujer, creció su interés por él al comprobar que se le resistía.

El morbo de tenerle algún día a su merced aumentaba por momentos, sobre todo al pensar que, probablemente, jamás habría sido infiel a su mujer. Convertirse en su amante le llenaba de euforia y esto se traducía en ganas de hacerle caer en sus redes, cuanto antes mejor.

—Creo que Juan es de los pocos que quedan que son fieles a su mujer —le comentó a una amiga.

—Ah, ¿pero aún quedan de esos?

—Sí, hasta que se cruzan conmigo. —Ana guiñó un ojo a su interlocutora, que la miraba con una envidia que no quería disimular.

—Ay, si yo fuera como tú... ¡Mi vida habría sido muy diferente!

—Ya ves, si es que las chicas buenas van al cielo, pero las malas... —Hizo una pausa intencionada y continuó burlona—: ¡A todas partes! —Se echaron a reír.

—No, en serio, ¿cómo puedes hacer eso? ¿Nunca te arrepientes?

—No hago nada que ellos no quieran hacer.

—Ya, pero ¿y su mujer? ¿Y sus hijos?

—Ese es su problema.

—Sí... Pero si tu jefe aún no se te ha tirado al cuello con todo lo que me has contado, ¿por qué no le dejas en paz?

—Ay, qué va, no puedo. Ahora me gusta mucho más. No sabes el morbo que me da saber que es un hombre honesto que cumple sus compromisos.

Siguieron hablando de los hombres que Ana había conocido: casi todos se cegaban ante su descaro y sucumbían rápidamente a sus encantos. Y ella estaba harta de que se lo pusieran tan fácil, eran muy previsibles. Como uno de los juguetes de su sobrino, que apenas tocando un botón, se encendía y ya no paraba. Así veía Ana a los hombres: meros objetos sexuales con los que jugar. El problema era que los solteros no le atraían. Pensaba que tendría que cargar con «el mochuelo» más tiempo del estrictamente necesario. Prefería que estuvieran comprometidos, así se ahorraba el día a día de sus problemas, sus necesidades, sus manías o sus inquietudes. Se ahorraba eso que Ana llamaba «el asesino del amor»: el matrimonio.

Ella había tomado la decisión de estar sola y eso implicaba que solo estaba disponible para dar y recibir placer. No quería en su vida complicaciones o inconvenientes que echaran por tierra sus planes: gozar en esporádicos encuentros sexuales y seguir escalando puestos en su empresa.

No era exactamente promiscua: simplemente, sabía sacar partido a la vida y a sí misma. Le gustaba disfrutar. Con su decisión de no atarse ni comprometerse con nadie, se ahorraba además otra cuestión: los hijos. Para ella eran una especie de enfermedad de transmisión sexual: tenerlos interrumpiría su vida, su libertad, su comodidad. Su felicidad acabaría de un plumazo.

En su idea profundamente arraigada de considerar a los hijos como un estorbo, tenía gran responsabilidad su madre. Hacía un tiempo, cuando Ana contaba tan solo con diecinueve años, mantuvo una conversación con ella que quedó grabada a fuego en su subconsciente y que la había marcado de por vida.

—Hija, disfruta de la vida y no tengas niños. Mírame a mí: os tuve tan joven que me perdí muchísimas cosas.

—Descuida, mamá, no voy a ser tan tonta como Bea, que se ha quedado embarazada de Arturo y... ¡piensa tenerlo!

—Lo que le espera a la pobre, ¡vaya forma que fastidiarse la vida!

—Le dije que la acompañaba a abortar, pero la insulsa de ella dice que le da miedo. ¡Si te duermen! Ni se enteraría.

—¡La de vacaciones que tuve que sacrificar por vosotros! —La madre seguía con su discurso e hizo como que no escuchaba este último comentario. Aunque no quería que Ana cargase con la responsabilidad de tener un hijo, le había dolido el alma el día que descubrió que su hija se había sometido con toda frialdad a un aborto, pagado por el padre del chiquillo que la dejó embarazada. De aquel momento en adelante, fantasearía con los años que cumpliría el nietecito o nietecita que nunca llegó.

—Que no, mamá, que yo no me arruino la vida como Bea. Que quiero seguir estudiando, llegar muy lejos, comerme el mundo.

—Eso, tú aprovecha, hija, aprovecha.

Y eso fue lo que hizo Ana: dedicarse a sus estudios y al arte de enamorar. Aunque no era especialmente llamativa, tenía mucho éxito con los chicos ya desde el colegio. Sobresalía por su picardía e inteligencia por encima de la media, y conseguía todo lo que se propusiese y a quienes quisiera sin que su objetivo se percatase de estar siendo objeto de una conquista.

Ana sacó una nota brillante en selectividad que le permitió escoger la carrera que quiso y comenzó Administración y Dirección de Empresas. Cuando terminó, con unas notas igualmente brillantes, se decantó por cursar un máster de Comunicación, Márketing y Publicidad en Medios Online. Le gustaba mucho esa especialidad. Al finalizar el máster, con su excelente currículum, no le faltó trabajo en cuanto se lanzó al mundo laboral. Con los años, incluso consiguió un puesto de trabajo en la multinacional en la que siempre había querido estar. Solo le faltaba un poco más para alcanzar su objetivo, pero, como ya había comprobado en otros empleos, aquello no le costaría demasiado. Sabía perfectamente las teclas que tenía que tocar para lograr lo que su falta de años de experiencia aún no le permitía.

Se acercaba el momento de atacar al director general porque el juego de seducción, aunque correspondido, podía prolongarse eternamente, pero también podía quedarse para siempre en eso, en un simple e inocente juego que solo sirviera para que Juan fuera a trabajar de mejor ánimo. Incluso podía ayudar a lo contrario de lo que Ana se había propuesto: mejorar la relación matrimonial de Juan, quien apagaría el fuego de la oficina en su cama, con su mujer.

Ana estaba convencida de que su jefe no daría jamás un paso adelante. Dada su situación sentimental, seguramente se estuviera planteando si valía la pena echar por la borda tantos años de fiel y leal compromiso solo por una aventura fugaz con una empleada ambiciosa. Ana podía ganar mucho, pero Juan tenía mucho que perder.

Ana decidió que la situación tenía que cambiar. No le daría opción a Juan para que tomara él la decisión.

Y ese momento llegó.

El día en el que Ana se propuso culminar su plan, llevaba puesta su mejor lencería, el traje de chaqueta más escotado y provocativo que guardaba para las ocasiones especiales y se había rociado estratégicamente con el perfume al que ningún hombre se había podido resistir. Cuando el monótono día de trabajo llegó a su fin, se puso en marcha. A lo largo de la jornada incluso había evitado relacionarse con sus compañeros, para impedir que choques o posibles discusiones acabasen con su paciencia y, sobre todo, con su cuidado y atractivo aspecto.

Esperó a que la secretaria personal de Juan se marchara. Sabía que él se iba a quedar esa tarde repasando cuentas y papeles solo en su despacho.

Se escondió tras el muro que separaba las escaleras de los ascensores y en cuanto vio que la empleada entraba en uno de ellos y se cerraban las puertas, cruzó el pasillo con una rapidez y una habilidad insólitas teniendo en cuenta los altos tacones que llevaba.

Llamó a la puerta del despacho con unos golpecitos suaves y rítmicos, y entró con la excusa de necesitar su aprobación para los últimos informes que había hecho.

La cara de satisfacción de Juan hizo que Ana se sintiera vencedora antes de iniciar su particular batalla. No podría haber encontrado un momento mejor: su secretaria no volvería y tenía vía libre.

—Hola, Juan, espero no interrumpir. Es que hay un trabajo que requiere una supervisión directa y efectiva. —A Juan le encantaba verla actuar, no pudo hacer otra cosa más que sonreír—. ¿Y quién mejor que el jefe para hacerlo si no es mucha molestia y no te pillo en mal momento? —dijo mimosa y pícara a la vez.

—Pasa, pasa. —Ese momento de intimidad, por fin, lejos de las miradas de los otros empleados y sin tener que disimular, le pareció a Juan que ni pintado para dar rienda suelta a la tensión sexual acumulada durante tantos meses. Había tratado de reprimir el deseo, pero ya no podía más.

Cuando Ana se acercó, fingiendo una ingenuidad que aumentaba su deseo, Juan decidió demoler los muros de sus principios. Solo sería una vez. Sucumbiría a la lujuria en ese momento, en ese lugar, a salvo de miradas indiscretas, y ya. «Solo será una vez», se repitió.

Como sabía que se levantaría al verla, Ana había calculado que estarían de pie cuando le diera el informe. Eso permitiría un leve roce.

En cuanto Juan se puso en pie, ella echó el cerrojo con disimulo y se dirigió hacia su mesa. Era el escenario propicio.

Se situó con destreza en el lugar reservado para el director y, de espaldas a él, comenzó a indicarle algunos de los puntos que había que revisar del informe. La cercanía de Ana, su excitante perfume, unas posturas que destilaban sensualidad comenzaron a excitar a Juan de una manera incontrolable. Y hubo un momento en el que supo que ya no había marcha atrás: cuando Ana se inclinó para reescribir uno de los apartados y le rozó con sus nalgas, y un premeditado descuido, la entrepierna. Ese movimiento fue como un resorte.

Tal y como Ana había imaginado, Juan la atrajo hacia sí y convirtió el leve roce en un contacto firme y duradero. Tanto que ella sintió cómo crecía la excitación de ambos durante esos eternos segundos. Sin poder separar los cuerpos, Juan desabrochó la chaqueta de Ana torpemente y ella hizo el resto.

De forma magistral, se quedó completamente desnuda en un despacho que solo sabía de papeles, números, llamadas telefónicas y reuniones de trabajo. Esa contradicción aumentó desmesuradamente el deseo de aquel hombre, que manoseaba ciego de pasión el proporcionado cuerpo de una mujer que no era la suya. Perdido en sus curvas, se dejó llevar por una turbación a la que juró poner fin ese mismo día.

Sin embargo, la cuestión no había hecho más que empezar. Aunque Ana consiguió un puesto mejor en la empresa, eso no impidió que el acoso hacia Juan continuara, pues jamás aceptaba una respuesta negativa.

Los escarceos furtivos, los besos a escondidas, el ascensor parado por Ana para aprovechar el tiempo y tener un encuentro sexual a primera hora del día, le parecían a Juan momentos sumamente excitantes, pero en su fuero interno albergaba un punzante sentimiento de culpabilidad cada vez más difícil de manejar.

Eran muchos los días en los que trataba de poner fin a aquella relación que nunca debía haber comenzado, pero la inteligente mente de Ana lograba manipular sus pensamientos e incluso transformaba sus sentimientos, convirtiéndole en una persona libre de todo pecado que solo estaba dando rienda suelta a sus instintos. «Como hacemos todos», le decía para tratar de convencerle.

Tanto interfería en su vida que llegó un momento en que Juan pensó que se estaba volviendo loco. La relación con su mujer, ajena a sus infidelidades, empeoró. Se sentía tan mal que ya no era el mismo. Hasta evitaba pasar demasiado tiempo con sus hijos: le daba miedo que vieran la traición en sus ojos.

Bajo estas circunstancias, supo que había llegado el momento de tomar una decisión tajante. Y se vio obligado a hacer algo con lo que Ana no había contado en ningún caso.

—Con el currículum que tienes, no te costará mucho encontrar un nuevo trabajo. Estoy dispuesto a recomendarte incluso a otras empresas con las que tenemos acuerdos.

—No puedes hacerme esto, Juan. Sabes que no es un buen momento para nadie, que hay millones de parados y que... —Hizo una pausa más dramática y emocional de lo que Juan había calculado—. No te puedes deshacer de mí tan fácilmente.

—Por favor, Ana, no nos lo pongamos más difícil aún.

Aquello supuso un duro golpe para Ana. Quizá el primero verdaderamente importante que recibía. Y no era una persona que supiera gestionar bien los contratiempos, de ahí el genio que sacaba cuando los planes se torcían. Pocas veces lograba digerir los errores que, por supuesto, jamás se debían a nada que estuviera bajo su responsabilidad. De una forma casi mágica, expulsaba de su terreno toda culpa. Los tropiezos eran siempre de otros. Ella nunca se permitía el lujo de equivocarse.

Su brillante expediente académico, su perfeccionismo extremo y su desmedida vanidad la convertían en una mujer cuyo afán por la excelencia la había alejado de las relaciones duraderas, tanto las amorosas como las de amistad.

Ana prefería pensar que era ella, y solo ella, quien tenía el poder de decidir si mantenía relaciones esporádicas y sin compromiso. Se sentía segura llevando el mando porque necesitaba tenerlo todo bajo control. Y no fue consciente de lo sola que estaba precisamente por eso, por su prepotencia, su autosuficiencia, su tiranía. El día que requirió compañía no la encontró. Cuando quiso compartir con alguien la injusticia de la que había sido víctima, no hubo nadie dispuesto a escucharla.

Como no había contado con el duro golpe que el destino le tenía preparado, de pronto todo su mundo se vino abajo.

No solo perdía al hombre del que se estaba enamorando irremediablemente, aunque no quisiese reconocerlo, sino que se había quedado sin el trabajo de su vida. Ni siquiera tenía registrado que, en su día, su ascenso le había acarreado problemas con sus compañeras y algún que otro malentendido.

Sin embargo, estas situaciones las tenía controladas. Sabía poner firme a todo su equipo y que sus subordinados hiciesen sin rechistar todo lo que ella ordenaba.

También sabía meter en vereda al que se desmandaba y luchar con uñas y dientes por el éxito de la empresa. Siempre se había sentido poderosa y superior a los demás hasta aquel fatídico día. A partir de ese momento, su vida dio un giro de ciento ochenta grados.

Lo del despido fue solo el comienzo. Después vino el embargo de un ostentoso piso que únicamente podía mantenerse con las jugosas nóminas que su empeño y ambición habían conseguido. Cuando dejaron de caer mensualmente como regalos del cielo, con ellas se fueron hasta las ganas de seguir viviendo. Ana no tuvo más opción que aprender a convivir con sus nuevos huéspedes inoportunos. La soledad. La angustia. La depresión.

Fue incapaz de encontrar un ancla que le devolviese las ganas de luchar por algo. No tenía amigos, solo examantes, y en aquellos dolorosos momentos recordaba ciertas frases de alguno de ellos que le hacían sentirse peor de lo que estaba: «Si algún día se entera mi mujer, sabré que has sido tú porque nadie más lo sabe», «Eres lo mejor que me ha pasado en la vida, pero esto tiene que acabar», «Desaparece de mi vida», «Vete por donde viniste y no vuelvas a hacer más daño». Cuando se acordaba de Juan, sentía una pena y un dolor infinitos: «No sé cómo me dejé arrastrar, esto no tuvo que suceder nunca». Y las lágrimas brotaban sin cesar y sin consuelo.

Las relaciones que había mantenido con mujeres no se podían llamar de amistad precisamente. Prevalecían en ellas la envidia, la competitividad y la traición. Nunca había sentido ni comprensión ni compasión hacia nadie.

Fue muy duro comprobar que en la situación en la que se encontraba necesitaba justo eso que nunca supo ofrecer: que la comprendieran, que alguien se compadeciese de ella.

Ana se sentía como una reina destronada: se había quedado sin el motor de su vida, le habían arrebatado la varita mágica que le concedía todo su poder.

Su trabajo la absorbía como ninguna otra cosa en su vida. Llevaba meses sin ver a su familia. Estaba tan volcada en sus proyectos, acuerdos, propuestas, colaboraciones con otras empresas, que se había olvidado de que tenía unos padres a los que ni siquiera llamaba, un hermano al que no había acompañado el día que fue padre —se había excusado por motivos laborales—, una cuñada que, a pesar de existir entre ellas grandes diferencias, siempre se había mostrado encantadora con ella, un sobrino al que apenas conocía.

La realidad rompió todos los esquemas de Ana, que observaba impotente cómo su maniático y estructurado orden se hacía pedazos. En ese momento empezó a pensar en su familia.

No sabía cómo agradecerles que no la hubieran dejado de lado el día que el banco había reclamado su piso.

—Hija, en casa siempre serás bienvenida —le dijo Marga, su madre, por teléfono.

Pero ¿cómo iba a afrontar semejante cambio? Pasar de vivir en un lujoso ático del centro a un apartamento en el extrarradio era algo que jamás había barajado.

DIARIO DE ANA

21 de mayo

Escribo este diario para ver si logro de una vez por todas poner mi vida en orden. Una vecina de mis padres dice que para superar ciertas etapas difíciles de entender es bueno escribir nuestros pensamientos.

Quiero explorar mis sentimientos en esta época tan convulsa de mi vida. Al menos quiero hacerlo antes de que me abandonen para siempre. Creo que si tardo un poco más en encontrar una salida, acabaré en el fondo del mar o aplastada y con las vísceras esparcidas en las vías de un tren.

Creo que ya he pasado la etapa de estar enfadada con el mundo, pero no consigo deshacerme de este resentimiento hacia todos los que me han dado la espalda cuando más los he necesitado. Es posible que me haya equivocado alguna vez, pero no creo que merezca este trato. Siento que la vida se está vengando de mí y quiero saber si aún me queda alguna oportunidad. Esta incertidumbre me consume. No tengo fuerzas, me caigo en un agujero oscuro y más profundo cada día.

Me cuesta levantarme de la cama. No sé si es tristeza o abatimiento, pero tengo tan pocas fuerzas que incluso, según estoy escribiendo esto, me doy cuenta de que me falta aire. Estoy encogida y me cuesta mantener los ojos abiertos.

Cuanto más pienso en cómo he podido llegar hasta aquí, más deprimida me siento. No tengo objetivos ni metas por los que luchar. Creo que la vida ha perdido todo su sabor.

Me parece mentira que haya habido un tiempo en el que me moría por conquistar el mundo, por explorar nuevos horizontes, por dominar a los hombres más dominantes. Creo que esa Ana ha muerto para siempre. No me veo capaz ya de atreverme a desplegar esas alas que dice mi vecina «que todos tenemos y que algunos aún no han estrenado». Si esto es cierto, mis alas se han roto antes incluso de que aprendiera a usarlas.

Un día, en un arranque de energía inusitada, Ana decidió visitar a un psicólogo. Desde niña había visto el letrero de uno en el edificio de al lado de la casa de sus padres. Necesitaba encontrar una respuesta al desprecio y al aislamiento que claramente sufría, una opinión profesional en medio de tanta desolación y negatividad.

No tenía conciencia de haberse portado con nadie de manera arrogante o egoísta, pero no veía salida a su situación y tal vez necesitara oír algo imperiosamente.

—Quizá estás atendiendo solo a lo negativo.

—Es que mire hacia donde mire, solo veo caminos truncados.

—Ciertamente, hay sentimientos que acaban destruyéndonos.

—No sé controlarlos. A veces me gustaría no sentir nada para poder seguir viviendo.

—La ansiedad, la tristeza, los nervios no son los responsables de tu sufrimiento.

—¿Cómo que no? Eso es lo que me paraliza y me deja sin fuerzas.

—Piensas así porque tú das a esas emociones dañinas el valor que necesitan para convertirse en pensamientos, y esos sí son responsables del sufrimiento.

—¿Me está diciendo que si siento angustia o malestar, basta con pensar en otra cosa?

—La gestión de las emociones es la verdadera responsable de tu bienestar. Todos tenemos momentos de dolor y malos sentimientos, pero si sabemos manejarlos, los podemos transformar en algo positivo: aprendizaje, lecciones de vida, barreras que saltar. Una vez superados, te sientes más fuerte.

—No sé si algún día llegará ese momento. Sé que no tengo que exagerar, pero siento que todo a mi alrededor está en ruinas.

—Si no te ves capaz de orientar tu atención hacia las posibilidades y oportunidades que tienes, podría interesarte hacer ejercicios de relajación. Consiguen absorber la atención, algo clave cuando es tan negativa.

Diario de Ana
22 de julio

En un momento de lucidez decidí pedir ayuda. Ha sido realmente difícil porque jamás me imaginé reconociendo que quizá el problema podría ser mío. Pero creo que no voy a volver a la consulta. Aunque al menos he aprendido a respirar y a relajarme, y eso me ayuda muchísimo a controlar la ansiedad. El psicólogo no me da mucha confianza. Después de soltarme un rollo sobre que podemos cambiar lo que sentimos cambiando lo que pen-

samos, ¡me ha dicho que agradezca lo que me ha pasado! Ahora entiendo eso que dicen de los psicólogos. ¿Está loco o qué? Dice que así me desprenderé del resentimiento que tengo. ¡Qué sabrá él lo que yo siento! ¿Cómo no voy a odiar a la gente si cuando la necesito no está? Tampoco termino de encajar lo de Juan. Vivimos momentos tan apasionados que me cuesta creer que no quiera repetirlos. Solo quiero estar en la cama y taparme de tal manera que, quizá con un poco de suerte, lograra desaparecer. A nadie le importaría.

Marga no podía ver a su hija así. Le asustaba pensar que no fuera capaz de levantar cabeza nunca más. Solía desahogarse con su vecina.

—Creo que tu hija nunca ha sabido afrontar una derrota.

—Porque siempre conseguía todo lo que se proponía. Fue la primera de su promoción, tenía éxito con los hombres, no le faltaba trabajo —adujo Marga.

—Si tenía tanta confianza en sí misma, no le costará mucho recuperarla.

—Ojalá, pero la veo tan decaída. —A Marga le costaba contener la emoción—. No es ni la sombra de lo que era.

—A veces, para encontrarse, hace falta perderse, como el ave fénix, que resurgió de sus cenizas.

—Más que perdida, la veo deprimida, y eso me asusta, porque mira Pepi, que después de tantos años con depresión, se ha vuelto loca. El marido no la deja salir ni a tirar la basura. Cuando estoy en el descansillo, siento que me observa por la mirilla de la puerta. Y nadie la ha vuelto a ver.

—¡Pero tu hija no es Pepi! Esa mujer nunca estuvo bien y yo creo que la culpa la tiene su marido, que es un misógino y siempre la ha tenido recluida, menospreciada, ninguneada. —La vecina intentaba animar a Marga.

—Mujer, es que Ana ni sale de su habitación.

—¡Ya lo tengo! Regálale un perro. Dicen que no hay mejor terapia. Al menos, la obligará a salir a la calle para que el chucho haga sus necesidades.

—¿Un perro? Quita, quita, que yo no quiero bichos en casa.

—Ya verás como teniendo una responsabilidad, tendrá que volver a creer en sí misma, y será el primer paso para que vuelva a quererse incondicionalmente.

Marga no estaba nada convencida de querer convivir con un animal, pero sí estaba dispuesta a hacer lo que fuera necesario para que Ana despertase al fin de su letargo. Sabía que su hija podía estar posponiendo aquella decisión toda la vida, y las cosas se hacen o no se hacen, pero aplazarlas no tiene ningún sentido. Lo que estaba haciendo su hija era retrasar su recuperación.

Tocaba emprender un camino nuevo, no valía de nada vivir con desidia ni con la nostalgia de aquella vida anterior de lujos y poder que ya no volvería. Ana tenía que empezar a asumir el reto en el que se habían convertido sus días, con esfuerzo y compromiso.

Tenía que afrontar su nueva realidad con valor y eso que parecía haberse desvanecido para siempre: esperanza.

Marga, después de mucho pensarlo, decidió que podía ser un primer paso que su hija asumiera el compromiso de criar un animal. Además, así no se sentiría tan sola. Ana tendría que sacarle a la calle todos los días, darle de comer, ocuparse de él. Le serviría sobre todo para sentirse útil y acompañada. Quizá esas obligaciones le devolvieran las ganas de vivir.

A partir del día en que Marga apareció en casa con una perra mestiza con rasgos de Schnauzer rescatada de la perrera municipal, comenzó a asomar de nuevo en los ojos de Ana el particular brillo que tenían antes de perderlo todo. Aquel esplendor que parecía extinguido de por vida podía empezar a recuperarse gracias a la llegada de Iris, como bautizaron a la perrita, con la firme promesa de que se convirtiera en la resplandeciente luz que Ana había dejado de ver. Tras la tormenta sale el arco iris y con esos colores pretendía comenzar a vislumbrar un nuevo futuro.

El animalillo no tardó en ganarse el cariño de toda la familia. Iris se convirtió en su compañera, en su amiga, en su psicóloga. Escuchaba las historias y los requerimientos de su dueña con los ojos bien abiertos y un interés que jamás había despertado en ninguno de los seres humanos con los que se había cruzado antes de la situación que la llevó a no desear seguir viviendo.

Empezó a quererla incluso más que a cualquiera de los hombres que habían pasado por su vida. Iris, fiel como solo un perro sabe serlo, pronto se erigió como la reina de la casa. No se le escapaban los sentimientos, detectaba a la perfección si Ana estaba triste, feliz, cansada.

Si necesitaba un mimo, ella era la ideal para dárselo en forma de lametazo. Si el día no había sido para Ana muy bueno, Iris lo coloreaba con sus saltos y correrías.

La relación con Iris pronto empezó a dar sus frutos: tenía tal efecto en Ana que por fin empezó a ver una lucecita al final del túnel.

El primer día que, gracias a Iris, Ana tuvo que salir a la calle, un sol resplandeciente la cegó. Llevaba tantos días encerrada en su habitación, que a sus ojos les costó habituarse a tal luminosidad. Sin embargo, también notó que los rayos de sol y su calor eran como una medicina, le hacían sentirse mejor a cada momento.

Oyó que alguien la llamaba desde el otro lado de la calle.

—¡Ana!

—¡Cristina! ¡Cuánto tiempo!

—No sabía que habías vuelto al barrio.

—Ni yo que tú seguías viviendo aquí.

—Me casé con Pablo, ¿te acuerdas de él?

—¿El guapo del sexto?

—Sí. Sus padres viven ahora en la playa y les hemos alquilado el piso. Pero ¿cuánto tiempo llevas aquí? Qué raro que no nos hayamos visto antes.

—Apenas salgo de casa, mi vida ha cambiado tanto.

—La última noticia que tenía de ti es que te habías convertido en toda una ejecutiva agresiva —dijo Cristina, sonriente.

—Pues ahora estoy en el paro, como tantos españoles.

—Vaya, lo siento. ¡Vente a casa! Te invito a un café y nos ponemos al día.

DIARIO DE ANA
22 de octubre

Ni siquiera he sido capaz de mantener en pie mi propuesta de escribir este diario asiduamente, pero al menos siento que estoy recuperando algunas energías. Después de meses encerrada, esta pequeña bola de pelo llamada Iris ha conseguido que salga de casa.

Ayer fue un día revelador. Me reencontré con Cristina, una vecina y amiga de mi infancia. Le perdí la pista casi desde que empecé la universidad. Aunque seguíamos viviendo al lado, yo estaba demasiado ocupada con los estudios, me pasaba las tardes en la biblioteca de la facultad o, si no, con algún amigo.

Charlamos un poco en la calle y me invitó a tomar un café a su casa. Cuando entramos, dos niños de tres y cinco años y una niña de siete corrieron a la puerta al grito de «¡Mamá, ya estás en casa!», «Te quiero, mamá», «Mamá, ¿qué tal el día?». La abrazaban y besaban sin cesar. No puedo explicar lo que sentí ante una imagen tan entrañable y familiar. Después, ver a Pablo, tras más de quince años, convertido en un atractivo padre de familia, poniendo orden entre su prole, me emocionó. No sé si fue envidia, admiración, pero creo que también rabia. Rabia por sentirme engañada. Por haber perdido tanto tiempo. Por haber estado tan equivocada. Creí que la vida era una competición. Nunca imaginé que disfrutar de mi familia o crear la mía tenía que haber sido una prioridad en mi lista de objetivos.

Me siento estafada. En primer lugar, por mi madre, quien, incapaz de valorar lo que los hijos ofrecen, siempre me hizo verlos como sacrificios que debía evitar. En segundo lugar, me siento defraudada por una sociedad exigente que no me dejó descubrir que había algo más que el poder y el dinero. Caemos como chinches ante esos anuncios que nos prometen felicidad eterna si compramos, gastamos, necesitamos. ¡Qué timo más grande nos venden cuando lo realmente importante no se compra con dinero!

Me siento traicionada por mi propia autoexigencia, por un perfeccionismo que no me permitió fracasar. Cuánto lamento ahora no haber pensado dos veces si seguía adelante con aquel embarazo de juventud.

Nadie me dijo que en las pequeñas cosas están las mayores virtudes. Que lo que sucede es porque conviene. Ahora pienso en lo diferente que habría sido mi vida si hubiera dejado a la naturaleza seguir su curso.

Prefiero no pensarlo, pero un hijo es lo único que podría dejar en este mundo.

Me sirvió mucho hablar con Cristina. ¡Cómo la envidio! Y la quiero por abrirme los ojos. Por mostrarme lo que me he estado perdiendo. He estado inmersa en una vida de sexo y ambición que, ahora lo veo clarísimo, no consiguieron llenar el gran vacío de la soledad.

Nos sinceramos tanto que le conté hasta lo de Juan. Sigo enamorada de él, pero no contesta a mis llamadas. Ni siquiera sabe lo mal que lo he pasado. Aunque creo que es mejor así, él jamás me habría dado lo que necesito. Estoy a punto de sacarlo de mi vida y de mis entrañas para siempre.

Ahora, por fin, ya sé lo que quiero. Según avanzan los minutos y las horas, lo tengo más claro. Quiero ser madre.

La decisión de Ana fue tajante: quería ser madre y buscó la manera de quedarse embarazada. Sabía que la edad jugaba en su contra, pero también que había nuevas técnicas que permitían tener hijos incluso a mujeres que habían sobrevivido a un cáncer. Había oído hablar de la estimulación ovárica.

Después de muchas pruebas y de tres inseminaciones artificiales que no dieron el fruto deseado, recurrió a la fecundación in vitro.

—Se extraen los óvulos, que serán fertilizados por el semen del donante. Después, te reimplantaremos de uno a tres embriones en el útero —le explicó su ginecólogo pacientemente.

—Pero ¿y si vuelve a fallar?

—También está la donación de óvulos.

Sin embargo, Ana se negaba en rotundo a esa posibilidad.

—Por mucho que ese bebé crezca en mi útero, no tendría nada mío.

DIARIO DE ANA
17 de enero

He pasado las Navidades más especiales de mi vida. Me siento feliz porque por fin tengo una ilusión, y es que sé que algún día seré madre. Esta gran alegría y motivación me ha hecho incluso retomar el contacto con mi hermano. Le noto muy ilusionado con la idea de que algún día le daré un primito a mi sobrino. Ha estado muy cerca de mí en los últimos tratamientos. Pero, por otra parte, tengo miedo de no poder cumplir mi sueño. La fecundación in vitro también ha fallado y no sé si embarcarme en otro ciclo. Menos mal que finalmente la empresa decidió darme un buen finiquito, porque no imaginaba que intentar ser madre soltera podría costar tanto dinero. Supongo que Juan no quería tenerme en contra. Ciertamente, tengo pruebas que podrían hundir su matrimonio y hasta su carrera. Pero no lo merece. Sé que es un buen hombre y bastante daño le hice. Quizá teme volver a verme porque seguro que sigue sintiendo algo. Pero eso ya no me importa. Es agua pasada.

Lo que me trae de cabeza es la maternidad. Sé que si lo deseo con tantas ganas, algún día lo conseguiré, pero no puedo evitar pensar que cuando pude ser madre trunqué esa posibilidad sin contemplaciones y ahora, que es lo que más deseo en el mundo, quizá no llegue nunca.

Sigo sin poder quitarme de la cabeza que viví muchos años engañada pensando que los hijos eran un gasto enorme que había que posponer para cuando tuviera un alto nivel de vida. ¿Y cuántas personas habrá como yo? Nos hacen creer que la felicidad está en tener el trabajo que soñamos, en las cremas que nos hacen parecer más jóvenes, en bolsos y zapatos que acaban olvidados en el fondo del armario. Me convencieron de que los niños eran un estorbo, un obstáculo para tener una vida plena y cómoda, y ahora pienso qué llena estaría mi vida si...

Pero no es momento de lamentaciones ni culpabilidades, lo importante es que ahora sé lo que quiero. Y eso me llena de esperanza y de amor. Un amor que ya siento por el hijo que tarde o temprano tendré. Creo que ese es el verdadero motor de mi vida. Por fin puedo decir que comienza mi camino hacia la felicidad.

Esa misma noche su cuñada la llamó por teléfono. Le habló de otra opción. Aunque tenían diferencias, esta vez le hizo reflexionar.

—Siempre queda el vientre de alquiler.

—Pero eso es carísimo. Es el método ideal para las parejas homosexuales —contestó Ana.

—¡Cómo van a tener dos maricas un hijo!

—¡Anda, anda, no seas antigua!

—¿Que diría ese pobre niño a sus compañeros de colegio cuando empiecen con sus crueldades?

—¿Qué pasa? ¿Que no tienen derecho a formar una familia? Ojalá pudieran adoptar.

—Bueno, ellas lo tienen mucho más fácil, cualquiera de las dos se embaraza y el crío siempre puede decir que son su madre y su tía. ¿Pero qué dice en su colegio el niño que tiene dos padres?

—Al menos, tendrá un colegio al que ir. Hay niños privados no solo de educación, sino que ni siquiera tienen qué echarse a la boca.

—Hija, qué dramática te has puesto. ¿Y qué tiene que ver la catastrófica situación de tantos niños en el mundo con los gays?

—Pues que hay tantos y tan bien posicionados en el primer mundo que si todos pudieran adoptar, mira la de niños que podrían tener una vida mejor. Y, sobre todo, tendrían amor. Que creo que esa ya es razón suficiente. Anda que no hay homosexuales que se mueren por dar amor.

—No me convences. Un niño tiene que tener una madre y un padre.

—Sí, pero no siempre es así. Cada vez hay menos familias tradicionales. Hay que adaptarse a los tiempos, y si el progreso permite a tantos niños tener un hogar, sea con un padre y una madre, uniparental o con una pareja del mismo sexo, pues bienvenido sea. Mírame a mí, mi hijo, si algún día consigo engendrarlo, crecerá sin padre.

—Oye, ahora que lo pienso, ¿por qué no adoptas?

Ana se pasó toda la noche dándole vueltas a la idea de la adopción. Llevaba ya mucho tiempo y mucho dinero gastado intentando engendrar una vida. Cumplidos ya los cuarenta, las probabilidades de quedarse embarazada iban menguando.

Cada vez estaba más ilusionada con esa nueva idea. En Internet leyó una cosa que la emocionó: «Los hijos que nacen del corazón no tendrán tus ojos, pero sí tu sonrisa».

Se acordó de una joven e inexperta psicóloga que había durado poco en aquel primer trabajo en la que fuera su antigua empresa. Creyó recordar que se iba a dedicar a las adopciones. Miró en su agenda, pero no tenía su número. Se alegró de recordar su primer apellido: Mencía, era raro, por eso no se le había olvidado. Corrió al ordenador para buscar información. Buscó a la psicóloga en todas las redes sociales, hasta que dio con ella en LinkedIn: «Laura Mencía, psicóloga». Ana se inscribió en la red social, le envió un mensaje y no tardó ni media hora en obtener respuesta:

> *¡Hola, Ana! Claro que me acuerdo de ti. ¡Cuánto tiempo! Sí, ya llevo diez años con el tema de las adopciones y encantadísima, porque es muy gratificante poder contribuir a que tantos niños tengan un hogar. Pásate por la consulta y hablamos cuando quieras.*

Laura se lo puso todo facilísimo. Ana nunca había recibido tanta ayuda de nadie ni nadie había mostrado tanta compasión hacia ella. Siguió las indicaciones de aquella samaritana y en pocos días encauzó su sueño de ser madre.

El día que recibió la noticia de que ya estaba aprobada en Rusia la asignación de su hijo, salió pletórica a dar su paseo diario con Iris, pensando en cómo lo celebraría. Siempre la llevaba con correa hasta llegar al parque, pero aquella tarde iba tan distraída pensando en la carita de la personita que la estaba esperando en algún rincón de Moscú, que la soltó antes de llegar.

Iris corrió desorientada en dirección contraria. Invadió la carretera a tal velocidad que Ana no pudo alcanzarla. Se estremeció al ver a un Audi circulando a una velocidad por encima de la permitida directo a su fiel compañera. Su rostro, estupefacto por el miedo de ver a su perrita atropellada, reflejaba terror.

Un grito desgarrador —«¡Iriiiiis!»— hizo que el animal se asustara tanto que se quedó paralizado en medio de la calzada. El atropello parecía inminente.

El conductor del Audi, en un milagroso alarde de reflejos, frenó justo antes de arrollar al pequeño animal provocando un sonido estridente pero lleno de esperanza. Ana corrió, llorando de nervios y excitación, para sostener velozmente a Iris en brazos y agradecer al conductor tal hazaña.

Cuando descubrió la identidad de su héroe se llevó una gran sorpresa.

—¡Juan!

—Lo siento, perdón, se me cruzó... ¿Ana?

—Sí, volví al barrio. ¿Qué haces tú por aquí?

—Mi hija, la mayor, que se independiza. Oye, Ana, que siento mucho que todo acabara así. No medí las consecuencias y al final no quedaba otra opción.

—Descuida, me hiciste un favor. Soy otra. ¡Y llena de amor y de alegría!

Juan se alegró por Ana. Nunca se lo había dicho, pero aunque hubiese supuesto una mancha en su matrimonio y un error de su pasado, sentía cariño por ella y deseaba que le fuera bien en la vida.

DIARIO DE ANA
28 de mayo

No puedo evitar retomar este diario para contar lo que he vivido. Definitivamente, puedo corroborar que las casualidades no existen y que las cosas pasan cuando tienen que pasar. Lo de hoy me ayuda a pasar página. Por fin, el círculo que aún faltaba por cerrar queda finalmente resuelto. Encontrarme con Juan y poder despedirme de él, decirle que no le guardo rencor y saber que me ha perdonado ha supuesto para mí quitarme un peso enorme con el que creía que tendría que cargar eternamente.

Ahora sí que agradezco todo lo que he vivido, como me decía aquel psicólogo, porque todo lo que pasó, pasó por algún motivo. Ahora puedo decir que las piezas empiezan a encajar.

Tengo ya la asignación de mi hijo, que es lo que más quiero en el mundo. Veo que poco a poco se van cumpliendo mis sueños. Que pronto podré tenerlo entre mis brazos, que podré llenarle de besos, reírnos juntos. Aprenderemos tanto el uno del otro.

También sé que tengo que encontrar trabajo, que el dinero del despido empieza a agotarse. Los gastos han sido enormes y ahora tengo que sumar el del alquiler. Sí, de nuevo me voy de casa. Empiezo de cero y con mucha más alegría e ilusión que la primera vez.

Tengo reservada una parte del dinero del finiquito para montar un negocio algún día. Aún no sé lo que quiero, pero estoy segura de que tendrá relación con el bienestar de las personas. Eso es lo que quiero hacer. Quiero montar una empresa que, además de ser rentable, ayude a que las personas sean felices. Será el dinero mejor invertido de mi vida.

Me impactó conocer el camino que había escogido aquella vecina que llevaba tantos años sin ver y me conmovió profundamente saber todo lo que había sufrido en el mismo barrio que tanta esperanza dio a mi familia en los momentos más duros de nuestra vida. ¡Qué diferente es cuando uno lleva el dolor en silencio y en soledad a cuando las penas son compartidas!, ¡en nuestro caso además por todo un país!

Es increíble cómo cambia todo cuando se comparte, tanto lo bueno como lo malo. Es tan terapéutico expresar lo que uno siente, sacarlo fuera, ser extravertido. Quizá por ello no dudo en airearlo todo, como dicen mis amigas: «Iri, eres demasiado transparente», o mi marido: «A veces pienso que no tenemos intimidad». Pero nunca he entendido ni los oscurantismos ni la falta de claridad, y mucho menos las mentiras. ¿Para qué?

Estoy más feliz aún porque Ana me acaba de confirmar que viene al asado y ¡con su hijo! Por fin pasó el calvario de los trámites y ya tiene en casa a su precioso rusito de ojos azules y rostro angelical. Está claro que cuando deseas algo con tanta fuerza el universo entero conspira para que se cumpla. Parece que empiezo a pensar como mi hermana y sus leyes universales.

Suena mi teléfono. No me lo puedo creer. ¡Es mi hermana! De nuevo una de esas cosas raras que ocurren cada vez que pienso en ella o me sorprendo repitiendo una de sus lecciones metafísicas.

—Hola, hermana, que si necesitas que lleve algo.

—Ya está todo. ¡Ah!, viene también Ana. ¡Con su niño!

—¡Genial!, un amiguito más para los primos. No se van a aburrir. ¡Ah!, pues aviso también a Belén.

—Anda, no había caído, pero claro, que se venga. Al final vamos a ser más de los que creía Juan Pablo, pero ¡por él encantado! Ahora le mando un mensaje.

—Nosotros llevamos el postre. Y bebida, que nunca está de más.

—Ayy, ¡qué ganas! Anda que si llueve...

—¡No decretes!

—Tienes razón, ¡no va a llover! —Por qué no me estaré calladita.

Belén

Era puntual, ordenada y trabajadora. Nunca le faltó trabajo, aunque no estaba relacionado con lo que estudió, Psicología. Empezó doblando ropa en unos grandes almacenes, pero gracias a su destreza con el ordenador y a su desparpajo, había conseguido un puesto en el departamento de contabilidad.

Aunque pensaba que no era el trabajo de su vida, se alegró de no tener que vender más ropa a niñatas que lo dejaban todo esparcido por la tienda. Lo que no era capaz de reconocer es que en el fondo, las envidiaba. Envidiaba su rostros felices, sus largas melenas, sus permanentes y odiosas carcajadas escandalosas que lo inundaban todo de esa alegría que en los últimos tiempos para ella se había convertido en algo condenadamente inalcanzable.

A Belén le carcomía pensar que nunca podría librarse de esa rabia irracional que se traducía en una mirada llena de resquemor y que le recorría el cuerpo cuando alguien, a su lado, mostraba un atisbo de felicidad. No soportaba ver a otros brillar, ahora que sentía que su luz se había apagado para siempre.

¿Cuándo había empezado a sentir tanta miseria? ¿Desde qué día se había instalado en ella ese doloroso sentimiento, invasivo y punzante de pura envidia? ¿De dónde habían salido tantos enemigos que desde su interior no dejaban de boicotearla?

Lo que estaba claro es que sufría lo indecible, que en el pecado llevaba la penitencia y que tenía que encontrar la manera de erradicar de una vez por todas ese malestar que invadía sus entrañas, contaminando hasta lo más profundo de su ser.

Aquel no era su único secreto inconfesable. Nadie sabía que estaba tan insatisfecha que, después de cada comida, descontrolada y compulsiva, se encerraba en el baño a vomitar. Bulimia. Lo suyo era atracón y culpa, un desorden alimenticio que estaba más relacionado con la sensación de descontrol de su vida que con el ansia de perder peso.

Por otro lado, la obsesión de Belén por su cuerpo y el maltrato al que se sometía tenían mucho que ver con sus profundas carencias. De cara a la galería, hacía ver que su físico no le importaba: cuando alguien hacía alusión a su envergadura, ella solía repetir con orgullo y sin complejos la simpática expresión del gato Garfield, «Soy ancha de huesos».

Un día, después de vomitar, pidió un café solo. No se sentía bien y quizá la cafeína le levantaría el ánimo. El azucarillo, que nunca usaba, tenía un mensaje impreso: «Con el interior que tienes, ¿por qué cambiar el envoltorio, bombón?». Se quedó mirándolo durante unos minutos que se hicieron eternos.

Quizá eso era lo que debía empezar a conquistar, su mundo interno. Porque sus complejos iban mucho más allá de su físico, estaban en su mente, en su falta de autoestima, su fragilidad. Empeñada en que nadie los detectase, y pensando que así se protegería mejor, decidió estudiar Psicología.

En una clase de tercer curso dedicada a trastornos alimenticios, Belén aprendió que los atracones y las purgas provocaban desequilibrios electrolíticos que imposibilitan la autorregulación del cuerpo. Recordaba aquello de los daños irreparables en el esmalte de los dientes, la esofagitis, la pancreatitis. Pero ni con tan firmes argumentos lograba controlar los impulsos que provocaba su incontrolable voracidad. Los nefastos efectos de los vómitos, que Belén conocía a la perfección, le daban exactamente igual en el preámbulo del atracón. Se provocaba el vómito sin piedad ni compasión tras cada ingesta desmedida.

Eso solía ocurrir cuando su soledad se hacía espesa y una tristeza que venía de dentro se apoderaba de su voluntad y de su razón. Cuando el vacío que no podía llenar con nada le conducía a una comilona desmedida, se encerraba automáticamente después en el primer cuarto de baño que encontrase, echaba el cerrojo de la puerta y se metía los dedos hasta la campanilla. Pero aquello solo conseguía que se sintiera aún peor que antes. Se veía acechada en todo momento por la inquisidora mirada de un juez moral que le hacía sentir terriblemente culpable por todo.

A todo ello contribuyó su destructiva relación con Mario. Con él perdió la voluntad y la poca autoestima que aún le quedaba. Aunque con sus anteriores parejas tampoco había mantenido relaciones sanas. Le servían como flotadores en medio de la marea en la que se había convertido su vida sin un faro al que acudir, pero a la vez socavaban la poca confianza que algún día tuvo en sí misma. Siempre trataba de recuperar una pizca de seguridad a través de las relaciones, pero tras cada hombre que pasaba por su cama se sentía más insegura, más vulnerable y menos querida.

Sin embargo, sus amigas la envidiaban por su agitada vida sexual.

—¡Cómo estaba el chico del finde pasado! ¡Qué suerte tienes! —le dijo un día Nerea.

—¿Suerte? Qué va, siempre es la misma historia.

—Pues yo te cambiaría el puesto.

—Cada una quiere lo que no tiene. Lo de siempre —afirmó Belén con amargura.

Nerea no tenía ni idea de lo que pasaba por la mente de su amiga, quien buscaba en los brazos de los hombres el calor y la protección que precisaba.

Su primer novio, Miguel, era amable, cariñoso, chistoso. Pero a Belén no le hacían ninguna gracia sus bromas y el que fuera tan servicial y detallista le ponía de los nervios. Aun así, estuvieron juntos un año, pero aquel buen chico pasó por la vida de Belén sin pena ni gloria. De hecho, cuando rompieron, pensó que sin un hombre al lado podría por fin disfrutar de la amistad, los viajes, la independencia.

Pero aquella idea se esfumó de su cabeza tan rápido como había venido cuando conoció a Diego, que era justo lo contrario que el bueno de Miguel. Había invertido los diez años que le sacaba a Belén en aprender a tratar a una mujer. Y realmente le había cundido. Consiguió cautivarla como ningún hombre lo había hecho antes.

Lo que más le atraía de Diego era su magnetismo sexual. Era capaz de llevarla a lugares inexplorados incluso ya en los preliminares, como si hubiera estudiado a la perfección sus deseos y reacciones y supiera exactamente dónde tenía que acariciar para hacer a una mujer estremecerse.

Cuando Belén estaba completamente rendida a los caprichos de Diego, ciega de pasión y sierva de sus deseos más primitivos, él conseguía seguir sorprendiéndola con ardientes sorpresas que la llevaban a un éxtasis irresistible. A eso se refería cuando advertía a sus amigas: «Cuando te atrapan por ahí», decía con un pícaro gesto, «estás perdida».

Un día quiso darle una sorpresa y se presentó en su casa sin avisar. Llamó a la puerta. Tardó unos minutos en abrir una mujer alta y rubia, bastante ligera de ropa.

—Hola, ¿quién sos?, ¿qué querés? —dijo la imponente desconocida con un dulce acento argentino.

—Creo que me he equivocado de planta.

—Diego, ¿esperás a alguien? —gritó la mujer dirigiendo su mirada hacia el interior del apartamento que Belén conocía perfectamente.

Y allí se quedó con cara de tonta, la sorpresa echada a perder, y la moral por los suelos.

No esperó a que apareciese. Salió corriendo escaleras abajo sin poder controlar las lágrimas que cubrieron su rostro.

Borró el teléfono de Diego de su agenda en un ataque de rabia, pero lo realmente doloroso para Belén y para su ego fue que no pudo evitar volver a caer rendida en los brazos de aquel hombre.

No la merecía, la había engañado y utilizado, y sin embargo, volvió a enredarse en sus sábanas demasiadas noches más. Su deseo era más fuerte que su voluntad.

No ser dueña de sus actos le ponía triste al principio, pero poco a poco se fue acostumbrando a lo que siempre había considerado caer muy bajo. Lo que antes le parecía una ofensa, una vergüenza o incluso una humillación, se convirtió en su pan de cada día.

Aprendió a sufrir con los desplantes de Diego y sus escasas explicaciones. Y hubo muchas situaciones más que provocaron que Belén volviera a llorar. «Nunca llores por lo mismo dos veces», leyó en alguna parte, y ella no recordaba ni las veces que llevaba. Pero lo hacía ya sin lágrimas. Los desprecios que se repetían en diferentes escenarios y de mil formas distintas habían extinguido su capacidad para recuperar el amor propio. El dolor se fue transformando en rabia e ira hacia sí misma por no tomar una determinación, hasta que un día pudo poner fin a aquel tormento.

—Belén, ¿puedes hacer mañana mi turno? Y ahora me quedo por ti.

—¿Ahora? Claro que me viene bien la tarde libre, nunca la tengo, pero ¡me podías haber avisado antes de que saliese de casa! Venga, que os vaya bien, chao, chicas —dijo a todas sus compañeras y salió rumbo a su casa.

Nada más abrir la puerta la vio distinta, como invadida por alguien, pero solo Diego tenía sus llaves, por si algún día se dignaba a quedarse a dormir.

Según se acercaba a su habitación por el pasillo, iba escuchando con más nitidez los claros gemidos de una mujer en plena embriaguez amorosa.

Abrió la puerta temblorosa, no quería ver lo que ya podía imaginar, pero tampoco quiso salir corriendo como su instinto le aconsejaba. Necesitaba la prueba definitiva.

La imagen quedaría grabada para siempre en su retina, y cuando la recordase, afloraría también el más vívido sufrimiento al que quedaría condicionada.

—Pero... ¿no estabas...? Vi cómo te ibas —acertó a decir Diego aún con la mujer sentada a horcajadas, sobre sus piernas.

Creyó que sus venas iban a reventar. Ciega de rabia, empleó toda la furia que sintió acelerando la circulación de su sangre en hacer algo que tenía pendiente desde hacía mucho tiempo: se dirigió a Diego con los ojos desorbitados y empezó a pegarle puñetazos con la fuerza de una ira contenida muchos meses atrás.

Acto seguido echó a ambos de su casa sin darles tiempo a recoger sus ropas y supo que, al menos, aquella puñalada en el centro de su corazón le iba a ayudar a romper definitivamente con su pasado. Se acordaba de Sabina: «El amor cuando no muere mata y amores que matan nunca mueren». Cierto, aunque aquello terminase, jamás podría dejar de doler. La sombra de Diego seguiría acechando mucho tiempo después de la ruptura y sospechaba que, para su desgracia, quizá por el resto de sus días.

Hasta que llegó Mario a su vida. No era chistoso, cosa que Belén agradecía, ni estaba demasiado encima de ella, algo que necesitaba. Tampoco era tan bueno en la cama como para tener que revivir el sufrimiento de la dependencia física y de los celos. Pero con el tiempo, apareció otro tipo de dependencia menos explosiva pero mucho más peligrosa: la emocional.

Mario era capaz de dominar la voluntad de Belén sin que ella se diera cuenta o fuera capaz de oponerse. Ni siquiera fue consciente del momento en el que todo empezó a cambiar, pero dejó de ser la misma.

Aquel hombre le hacía reprimir cualquier gesto o expresión que él considerase exagerados porque, según decía, «no procedía».

Se instaló en ella un absurdo sentido del ridículo del que antes carecía y toda su efusividad y expresividad fueron quedando relegadas para dar paso a la conformidad y la pasividad propias de una persona anulada.

La mujer extravertida, entusiasta, curiosa y perspicaz pasó a esconderse tras un segundo plano y a reducir su desparpajo a contestaciones monosilábicas. Tiempo después descubriría que aquel cambio en su carácter había sido provocado por la sumisión a un hombre abusivo. Algo que en términos psicológicos se tipifica como un maltrato.

Ella nunca se sintió una mujer maltratada, pero perdió su autoestima, su risa, su expresión, y tenía la sensación de no existir cuando él estaba presente.

No fueron pocas las veces en las que Belén se sintió menospreciada por comentarios y actitudes de Mario: «¿Es que no sabes hacer nada bien?», «Menos mal que me encontraste, porque ¿qué sería de tu vida sin mí?». Pero cuando estaba sin él, la sensación más que de alivio era de soledad. Él se las había ingeniado para apartar a Belén de las que llamaba «las zumbadas de tus amigas».

Los regalos y, sobre todo, la palabrería que Mario utilizaba para recuperar a su novia después de hacerla sentir como el ser más despreciable de la Tierra, habían creado en Belén una dependencia psicológica que le impedía romper aquella relación viciada.

Que Mario la reprendiera por ser ella misma, que se enfadara sin venir a cuento y la culpara de todos sus problemas se convirtió en su día a día. Una combinación infernal que hizo que apareciera una Belén nueva. La anulada. La infeliz. La incapaz, dependiente y hastiada de vivir sin haber cumplido los treinta.

Mario gustaba a todos. Se mostraba encantador cuando tenía que serlo. Pero Belén, después de seis años esperando un respeto y una tranquilidad que no llegaban nunca, empezó a darse cuenta de que nunca sería feliz a su lado. Por no hablar de lo otro. Aunque el proceso fue largo, el final, inevitablemente, acabó llegando.

A partir de un momento, en su cabeza se repetían con la misma crueldad que fueron lanzadas apenas unos meses atrás palabras muy hirientes: «Eres patética, no soportas que te lleven la contraria cuando no tienes razón, no me extraña que tus relaciones no duraran ni un año». No entendía esa falta de consideración. Lo del cariño ni se lo planteaba, hacía mucho tiempo que dejó de sentirlo. Ahora recordaba todo aquello con un tono mucho más feroz. «¿Por qué tengo que aguantar tanto?», se preguntaba.

Se acordó del día en que Mario le montó un número tremendo porque su madre había ido a visitarles. Fue el comienzo del fin de su relación. Tenía tal desilusión que no fue capaz de dormir aquella noche con él. Lo hizo en el sofá y al día siguiente en el trabajo, su cuerpo se lo reprochó. Aunque peor fue el torbellino que se instaló en su cabeza.

«Además de obligarme a permanecer callada la mayor parte del tiempo, ¿tampoco podía invitar a mi madre a mi propia casa?», se preguntaba.

Sabía que había ciertas cosas que no podía decir si no quería recibir inesperadas y dañinas patadas en el alma.

La extrema susceptibilidad de su pareja a veces le ponía enferma, otras la deprimía y, la mayoría de las veces, la alejaba de golpe emocionalmente de él. Pero no conseguía dar el paso de abandonarle para siempre.

Belén se fue quedando sin expresión, ya ni las salidas de tono de Mario le causaban tanto dolor, ni su sentido del humor sin gracia conseguía arrancarle una sonrisa.

Era como si las repetidas coces y los desplantes le resultaran deprimentemente familiares. Se había habituado a aquel trato y ya ni se veía sin su pareja, a quien el tiempo, la rutina y el apego habían unido de forma aparentemente eterna.

Pero hubo un día en el Belén sintió que había tocado fondo.

La gran decepción de aquella calurosa tarde que daba la bienvenida al verano llegó, como casi todas las discusiones, por una tontería.

Era 22 de junio, lo tenía muy presente porque llevaba más de un año con la invitación de la boda de Isabel colgada en la puerta del armario.

La fatalidad y el afán de dominación y los impulsos incontrolados de Mario provocaron que Belén se perdiera la boda que llevaba tantos meses esperando. Una gran discusión en plenos preparativos fue el preludio del paso más importante de su vida.

Aquel día no solo tiró a la basura un año esperando la boda, sino lo que le dolía en lo más hondo de su corazón, seis años de ilusiones truncadas.

—¡Mira qué hora es y no encuentro mi traje!

—Mario, ¿ves como nunca escuchas? ¡Te dije que lo guardaba en el armario del fondo!

—A mí no me hablas en ese tono.

—Te lo he dicho bien, eres tú quien ha empezado a dar voces.

—¿Ah, sí? Pues ¿sabes lo que te digo?

—¿Qué? —Belén empezó a sospechar que aquella no iba a ser una discusión cualquiera.

—Que te va a acompañar a la boda ¡tu madre! —A Belén le recorrió un escalofrío por la espalda y su corazón empezó a latir con tanta fuerza que sintió que se le salía del pecho.

—No lo dirás en serio. ¡No puedes hacer eso!

—¿No? Pues fíjate que lo tengo tan seguro como que me llamo Mario.

—Lo que sea menos fastidiarme este día, te lo ruego. —Rendida, Belén sintió una vez más el tormento de la humillación.

—Ni aunque me lo pidieras de rodillas.

—¿Cómo puedes ser tan insensible? Este compromiso está al margen de nuestros problemas, no puedes usarlo justo ahora porque sabes lo que significa para mí.

—Olvídalo, no pienso ir.

—Creo que hemos sacado las cosas de quicio —dijo Belén intentando tranquilizar a Mario pero con el alma invadida repentinamente de rabia y dolor. ¿Cómo podía plantear algo así? Él sabía que era más que la boda de una prima, era su hermana del alma, su mejor amiga, su confidente. Habían aprendido tantas cosas juntas, no podía fallar en el día más importante de la vida de la persona que tanto significaba en su vida.

—No pongas esa cara. No voy a cambiar de idea. —Mario sabía que era un golpe muy duro para ella, y le alentaba la sensación de tener la sartén por el mango.

—Pero sabes los meses que llevo preparando este día. —El sentimiento de rabia comenzaba a transformarse en ira, e invadida por unas casi irrefrenables ganas de pegar a su novio, comenzó a llorar sin consuelo.

—Venga, Belén, no creas que tus lágrimas de cocodrilo van a ablandarme. Además no tengo ganas de ver a ciertos familiares tuyos.

—O sea que ¿hay más cosas detrás de todo esto? —dijo Belén secándose las lágrimas con bruscos movimientos llenos de furia. No sabía si le dolía más perderse un acontecimiento tan importante o descubrir que la persona con la que llevaba tres años conviviendo y seis de relación era más que un extraño: su enemigo.

—Pues ya que me lo preguntas, aprovecho para decirte que sí: era un compromiso que no me apetecía nada y tú me lo has puesto en bandeja para no ir. —Belén no daba crédito a sus oídos. ¿Es que no era capaz de mostrar una pizca de consideración?

Empezaban a aclararse muchas cosas. Mario jamás se había sacrificado por ella. Sintió que la irritación la dominaba.

—Eres un ser completamente despreciable. —La cólera se apoderaba de la dulce e inofensiva Belén, que supo en ese momento que su relación con Mario acababa de terminar para siempre, que aquello no tenía solución y que quería salir de ahí como fuera.

—¿Qué has dicho? —El rostro de Mario se transformó de tal modo que le entró miedo.

—Ya no me importa nada. —Belén se armó de valor—: No creí que fueras así, estaba completamente ciega, pero se acabó, por fin tengo claro que la vida será mejor sin ti.

—¡Eso no te lo crees ni tú! ¡Repite lo que has dicho! ¿Despreciable?, ¿me has llamado despreciable? —Mario se abalanzó sobre Belén y le aprisionó el cuello con ira y sin medir sus fuerzas.

—No puedo respirar —dijo Belén a duras penas. Estaba aterrorizada, pero consiguió aflojar el apretón de Mario e inspirar una gran bocanada de aire que le permitiera recobrar el color natural de su piel. Lo hizo con tanta desesperación que Mario se percató de su desmedido ímpetu y reaccionó soltando su cuello súbitamente.

—Perdona, no quería hacerte daño. —Belén, que miraba hacia el suelo al tiempo que intentaba recuperar la respiración, no contestó—. Te estoy pidiendo perdón. No fue mi intención...

—Déjalo, Mario —dijo Belén sin aliento apenas.

—No sé cómo ha podido ocurrir.

—Quiero estar sola —replicó ella tajante.

—Lo siento.

Belén repitió para sus adentros la frase de la película que la marcó de niña, *Love Story:* «Amar significa no tener que decir nunca lo siento».

Mario salió del salón con la cabeza inclinada y el vivo rostro del arrepentimiento y la pesadumbre. Se escuchó el ruido de unas llaves y la puerta de la calle cerrarse de un portazo. Ella corrió hacia la puerta, puso el cerrojo y rompió a llorar desconsoladamente.

No quería que volviera aquella bestia en la que se había convertido su hasta entonces compañero de viaje. Supo en ese instante que nada podía hacer resucitar aquella relación.

Aunque no fuera su primera decepción, aquel acontecimiento quedó grabado a fuego en el corazón de Belén. No pudo contarlo, ni desahogarse con nadie. Tampoco pudo encontrar un mínimo de fuerza para acudir sola a la boda. Pensó que se le iba a notar, que todos le preguntarían por Mario, que no iba a poder contener las lágrimas que no dejaban de brotar. No quería aguar la fiesta a nadie. Tuvo que disculparse ante Isabel, sus familiares, inventarse un malestar repentino. Nadie supo que el verdadero culpable de su ausencia en un día tan especial incluso para ella había sido Mario.

Él, siempre amable y educado, se las ingeniaba para quedar bien con todo el mundo. Nadie habría sospechado que Mario fuera capaz de una conducta reprochable, y mucho menos violenta.

Sola en casa, intentando calmar su dolorido cuello, Belén no pudo evitar pensar que las marcas de sus manos eran lo único que Mario supo ofrecer como regalo de despedida. Un regalo que se llevaría hasta la tumba, porque jamás tendría la valentía de contar aquel dramático episodio que la llenaba de pena y de vergüenza.

Aunque aún le costó un tiempo entenderlo, muchos meses y terapia después, Belén se dio cuenta de que Mario no tenía la capacidad de posponer los enfados para cuando conviene hablarlos. Nadie le había enseñado a controlar sus malos momentos y sus repentinos impulsos. Aunque fuese el momento más inadecuado, llevaba su enfado hasta las últimas consecuencias.

Cuando Belén menos lo esperaba, a Mario se le nublaba la vista y se llenaba de ira. Pero cuanto más agresivo y colérico se ponía, más cerca estaba Belén de dejarle para siempre. Excusaba sus malas formas con la disculpa de haber vivido en el seno de una familia violenta, desestructurada y sin las atenciones precisas, pero Belén comprendió que era una manera muy pobre de justificar lo injustificable.

Aquellos ratos vacíos de clemencia y afecto que un destemplado Mario le «dedicaba» cada cierto tiempo y que Belén olvidaba tras sus sentimentales disculpas y regalos, respondían a una perversa estrategia amor-odio que hacía crecer en Belén una dependencia enfermiza. Era un maltrato psicológico encubierto que por fin un día se despojó de velos y farsas.

Recapacitando acerca de aquel desencuentro, Belén se hizo un firme propósito: «Esto no es lo que quiero para mi vida». Fue cuando empezó a pensar en que tenía que poner fin a esa relación. Y debía hacerlo por ella misma.

El abrazo de su madre y su cálida bienvenida, sin reproches ni preguntas, borraron los sinsabores de la que ya consideraba su vida anterior. Los ataques despiadados de Mario quedaron anulados por el amor que recibió en su antigua casa. Soplaban renovados aires de esperanza para reconstruir su frágil y agredida autoestima.

—Hija, ¡cuánto lo siento!

—Como siempre me has dicho, es mejor que me arrepienta de lo que haga, no de lo que no haga.

—Mario me parece un hombre estupendo, no sé qué os ha podido pasar.

—La convivencia... —empezó Belén, cuando en realidad hubiese querido decirle: «Si tú supieras...».

—Bueno, eres tú la que sabes lo que te conviene. Yo solo quiero lo mejor para ti.

—Creo que no estaba enamorada —concluyó Belén esquivando dar más explicaciones que pudieran herir a su madre.

—Espero que hayas tomado la decisión correcta y que seas muy feliz.

—Supongo que algún día así será —susurró Belén, pero la profunda tristeza tardó en disiparse.

Su suerte tenía que empezar a cambiar.

La terrible escena final con Mario, en el fondo, la había beneficiado. Quizá si hubiera sabido contener esos delirios feroces que la impulsaban a hacer cosas de las que siempre se arrepentía, Belén seguiría con él. Pero el destino le abrió una puerta a su libertad. Una libertad que no pensaba volver a derrochar con cualquiera que se le pusiese por delante.

Esta vez quería disfrutar de su familia y de sus amigas, aunque las esperanzas de dar un nuevo giro a su vida sentimental se desvanecían en un horizonte donde no era capaz de dejar de verse cada día más vulnerable.

Se sentía afectada e incluso amenazada por su entorno, por los demás, por el futuro. Aquella exagerada fragilidad no había tenido la piedad de dar tregua a Belén desde que sus esquemas acerca del amor, la vida en pareja y el futuro habían saltado en mil pedazos.

Añoraba ese amor verdadero que nunca tuvo. Una persona que fuera capaz de hacerle tocar el cielo sin abusar, ni física ni emocionalmente, de ella. Anhelaba compartir un fuerte sentimiento capaz de atravesar la superficie para adentrarse en las entrañas de las emociones y sentirse viva.

Ningún hombre le había hecho sentirse única, feliz, querida. Ahora que sí se veía capaz de ser amada porque, por primera vez, se había propuesto empezar a valorarse, era el momento de que apareciese alguien con quien compartir su nueva vida.

Pero aun habiendo tomado por fin la decisión de romper una relación perjudicial, era incapaz de superar los malos momentos que le llevaban a comer compulsivamente y a vomitar. Hasta que un día una amiga, María, se percató de su silenciosa enfermedad.

—Belén, sal del baño.

—Ahora no puedo.

—Venga, ¿qué estás haciendo? ¿No habrás vuelto a las andadas?

—¿Me puedes dejar tranquila?

—Me preocupo por ti.

—Pues no hace falta que lo hagas.

—Belén, tienes que empezar a ayudarte a ti misma —sentenció María, que según se iba alejando de la puerta del baño, murmuraba—: Consejos vendo ¡y para mí no tengo!

Belén no pudo evitar escuchar el comentario de su amiga y en ese momento algo en su cabeza por fin hizo clic definitivamente.

¿Qué estaba haciendo? Aquella impulsividad no le beneficiaba en absoluto. Su cuerpo se estaba deteriorando y no hacía ningún esfuerzo por poner freno a aquellos impulsos.

Si quería tener algún control sobre su vida, tendría que empezar por ahí. Aquel fue el día clave en el que empezó a curarse de su bulimia. Y clave también para tomar por fin las riendas de su vida. No volvió a vomitar nunca más.

Aprovechando la inercia por el subidón de orgullo y valentía que sintió al dar un paso tan difícil, decidió poner fin a una etapa de soledad y autocompasión que estaba acabando con los pocos recursos que aún podían salvarla del precipicio.

La primera idea que se le ocurrió para ello fue reunir a sus excompañeros de la facultad, algo que llevaba tiempo deseando hacer. Había perdido muchos números de su agenda al tener que cambiar de número de teléfono para evitar el contacto con Mario, pero tenía la herramienta ideal: a través de Facebook seguía conectada con muchos de sus compañeros de Psicología.

Sentía mucha curiosidad por saber si habrían encontrado trabajo, si la carrera les había ayudado a ser más felices, a encontrarse a ellos mismos, porque estaba claro que para ella tal hazaña estaba aún por llegar.

También quería ver si habían cambiado mucho, aunque por las fotos que colgaban se podía hacer una idea.

Lo que jamás se podía percibir a través de la red social era cómo se sentían. Aunque pasearse por los perfiles de los amigos era lo más parecido a «sacar la silla a la fresca» y enterarse de todo lo que pasa, como hacía en el pueblo, en la red la realidad se disimula y se maquilla porque se muestra solo lo que interesa que se sepa.

Hay cosas que solo en persona pueden llegar a descubrirse, hay miradas que revelan una realidad que contradice lo que se cuenta. El lenguaje del cuerpo, de las emociones, de los sentimientos, el que no sabe mentir, queda oculto, relegado al otro lado de la pantalla del ordenador.

Por fin los nervios que sentía Belén en el estómago no eran por miedo ni ansiedad como en la etapa que intentaba superar, sino de alegría y excitación por volver a ver a los compañeros con los que había compartido cinco largos y decisivos años de su vida.

Muchos ratos de cafetería, arreglando el mundo, estudiando las actitudes de la gente, compartiendo historias alegres, otras dramáticas, también hubo tiempo para compartir los secretos mejor guardados y, con los amigos del alma, hasta los sueños inconfesables. Belén recordaba con nostalgia aquellas disquisiciones, debates y confidencias que podían definirse como auténtica sociología de bar.

Inolvidables recuerdos de los momentos vividos entre las achacosas paredes de la facultad se agolpaban en la mente de Belén según se iba acercando la hora de la cita.

Se felicitaba a sí misma por haber tenido la iniciativa de montar un encuentro que posiblemente todos estuvieran deseando organizar, pero que la rutina y las obligaciones del día a día habían ido aplazando.

Acudieron menos compañeros de los que habían sido convocados: que si la familia, que si fulanita acaba de tener un hijo, que si menganito ya no vive en España, pero Belén se alegró igualmente de poder reencontrarse con algunos de ellos, pues hubiera sido difícil que el destino les hubiese reunido, y casi imposible que hubieran coincidido en un gabinete psicológico, dada la mala situación de la profesión.

La primera que llegó fue Alma. De lejos tardó en reconocerla, había cambiado radicalmente su aspecto, se había cortado el pelo con un estilo muy masculino.

Aprovechando la intimidad propiciada por la impuntualidad del resto, su antigua compañera le soltó sin más que por fin había salido del armario.

Estuvo muchos años sola. Había tenido algún que otro rollo, pero nunca una pareja estable. A todos les ponía pegas. Porque ligar, ligaba. No era muy alta, pero estaba muy bien proporcionada. Tenía curvas pese a ser delgada y unos ojos que hablaban por ella, porque era de pocas palabras. El caso era que ninguno de los hombres que la pretendían reunía las características que ella buscaba. Quizá porque lo que no quería era un hombre. Pero eso no lo sabía ni ella. Le contó que al haberse criado en el seno de una familia católica y muy tradicional, el mero hecho de pensar que podrían gustarle las mujeres le daba escalofríos. Había reprimido cualquier tipo de atracción por el mismo sexo porque no quería acabar en el infierno.

Alma le contó a Belén que con diez años se dio su primer y único beso con una chica. Fue con su vecina. Trató de olvidarlo porque sabía que no estaba bien. Pero sintió un gran alivio, unos cuantos años después, cuando en una conversación casual, descubrió que no era la única chica que había vivido una experiencia similar. Se quedó tranquila al comprobar que lo de besar de pequeña a alguien del mismo sexo era más común de lo que había imaginado y que aquella inocente tentativa, nada tenía que ver con su condición homosexual. Pero hacía poco tiempo que el amor había llamado a su puerta, y esta vez la había abierto de par en par. Por fin se sentía plena, liberada, feliz.

—Pues nada, un día estaba sola en casa, aburrida, y me metí en una de esas páginas para conocer gente.

—¡Otra igual! —le cortó Belén—. ¡La de gente que está cayendo en las redes del amor! Me voy a tener que dar una vueltecita yo también por ahí, que menuda carrerita llevo.

—Bueno, el caso es que, cuando tienes que pinchar en si te interesan hombres o mujeres, puse «ver todo» porque lo que quería era conocer gente.

—Y de paso ampliar horizontes. ¡Di que sí! —dijo jocosa.

—Pues uno de esos perfiles me llamó más la atención, empezamos a escribirnos, a chatear, a quedar, y lo que empezó siendo una amistad, ha resultado ser el amor de mi vida.

Justo cuando se disponía a contar a Belén, con una complicidad que el tiempo no había modificado lo más mínimo, cómo era la mujer que le había robado el corazón, empezaron a llegar otros excompañeros.

Se saludaron todos y se sentaron alrededor de una mesa con jarras de sangría y raciones de patatas bravas. Le tocó tan lejos de Alma que no pudo seguir hablando con ella de su nueva situación, pero Marisa, a quien las terapias alternativas habían cambiado la vida, pareció poder ver más allá de su sonrisa.

—Belén, no te veo conectada con tu yo, tu aura está muy despegada.

—¿Mi aura? ¿Despegada?

—Claro, tu aura te protege. Rodea todo tu cuerpo, es una fuente de energía luminosa y multicolor.

—Pues no la veo.

—Poca gente tiene ese privilegio.

—¿¡Y por qué la tengo despegada!?

—Quizá por el estrés, por no vivir el presente. Conozco un sitio donde peinan el aura, te la limpian de todo aquello que ya no necesitas.

—¿Y cómo hacen eso? —Belén la escuchaba entre divertida e intrigada. Marisa siempre había sido la excéntrica del grupo, la que siempre estaba en busca de nuevos caminos para viejos problemas.

—Te pasan la mano para ayudar a que esas energías se muevan y salgan del campo energético.

—¿Eso hace daño?

—Algunas personas lo notan, no hace daño, pero lo notan. Y es lo que demuestra que la terapia ha dado su fruto y que funciona.

—Ah... —Belén no lograba disimular su cara de asombro. Aunque nunca había tenido mucho interés por las terapias alternativas, estaba deseando encontrar un cabo al que agarrarse—. Creo que he malgastado mucho tiempo pendiente de encontrar a un hombre a quien ayudar y que acabara de paso con mi soledad. Y di con cada uno.

—Típico caso de mujer salvadora —la interrumpió Marisa—. Regla número uno: olvídate de ayudar a quien no quiere dejarse ayudar, porque ni siquiera sabe que lo necesita. Y regla número dos, no por ello menos importante: jamás dejes desatendidas tus necesidades. Si quieres un cambio en tu vida, la primera que tienes que cambiar eres tú.

Belén se la quedó mirando muy atenta y pensativa. Cuánta razón tenía.

—Es que ni siquiera sé cuáles son esas necesidades —acabó reconociendo.

—Pues la primera y principal: mimarse. Por fuera y por dentro. Porque vamos a vivir, si Dios quiere, muchos años en este cuerpo. Y porque el interior es básico. Yo puedo ayudarte.

—¿De verdad? —exclamó con ojos ávidos de soluciones.

El día que quedaron las dos solas en una cafetería que transportaba a sus visitantes a principios del siglo XX,

Marisa habló de lo importante que era la espiritualidad y tener conciencia de que hay algo mayor que nosotros que nos protege.

Eso le abrió a Belén una perspectiva positiva que le despertaba las ganas de buscar, de aprender, de vivir.

—Tienes que escuchar a tu niña interior.

—¿A quién?

—El niño que todos llevamos dentro, con su inocencia, sus caprichos y sus verdades. Recordarás lo del yo, el ello y el superyó.

—Freud, primero de carrera, pero no sabría relacionarlo con lo que me estás contando.

—Conocer esta triple dimensión nos ayuda a encontrar el equilibrio entre esos tres niveles: niño, adulto y la voz inquisitiva de nuestra conciencia.

—¿Y qué se consigue con ese equilibrio? —Belén estaba un poco perdida.

—Pues que seamos dueños de nosotros mismos y nos comprendamos mejor, ¿te parece poco?

—O sea, que si mantengo la mente fría y uso la razón estoy actuando desde el rol adulto.

—Exacto.

—Ajá, y esa voz que juzga es el deber.

—Cierto, a veces moralizadora y dañina porque solo sirve para culpabilizar, sentenciar y reprochar. Por eso cuando tu voz interior te amenaza, reprime, angustia o amarga ¡ni caso!

—Sí, creo que eso me suena demasiado.

—Solo tienes que saber que son los vértices del triángulo que mantiene en equilibrio nuestra personalidad para no dejar que se conviertan en un yugo. Tan solo escucha su voz, deja que el superyó se exprese, pero ¡sin que te limite ni te desanime!

—El tercer vértice es ese niño interior.

—¡Sí! Son los deseos, los impulsos y los caprichos del niño que llevamos dentro y que solemos olvidar y reprimir, principalmente, cuando entras en el mundo laboral, donde solo cuenta la responsabilidad y la productividad.

—Vamos, que nos encargamos de que ese niño esté tranquilito.

—Adormecido más bien, y eso ocasiona un conflicto. Quizá imperceptible para los que nos rodean, pero dañino para nosotros mismos.

—¡Ciertamente necesito equilibrar mi interior!

—Todos precisamos de esa búsqueda espiritual que empieza en nosotros. Si sabes controlar el poder de estas tres fuerzas, controlarás tus emociones.

—Me conformo con librarme de mis miedos e inseguridades.

—En cuanto elimines falsas creencias negativas como «No sirvo para nada» o «Todo lo malo me pasa a mí», podrás actuar y pensar de una forma nueva. Hay que abrir mucho la mente porque es como un paracaídas, solo funciona si está abierta.

Belén comenzó emocionada a seguir los pasos que Marisa le indicaba. Antes de empezar con la meditación, mediante la cual su amiga le aseguró que conseguiría conectar con su alma, le habló de otras técnicas naturales.

—¿Has oído hablar de la aromaterapia?

—No.

—Ayuda a controlar la ansiedad, la tensión, el dolor. ¿Y de la arteterapia?

—Ni idea.

—Pues, hija, menuda psicóloga estás hecha, combate de maravilla el estrés y el miedo. —Marisa era un pozo de sabiduría—. ¿Haces ejercicio? —Belén negó con la cabeza —. ¿Visualización? —Ella volvió a negar—. ¿Pero tú en qué mundo vives? Tienes que venirte un día a una sesión de sanación —le propuso Marisa.

—Me encantaría. Desde que acabé las prácticas, dejé de tener relación con la carrera.

—Craso error, porque todo esto está en continua evolución.

—Completamente de acuerdo.

—¿Y qué me dices de la risoterapia?

—Que suena genial, que ¡eso es lo que necesito! ¡Reírme!

—Sí, además también se liberan endorfinas y aumenta el oxígeno en el cuerpo, ¡como cuando se hace deporte!

A Belén todo le parecía interesante y revelador, pero decidió empezar con la meditación. «Si todo está en nuestro interior», se decía a sí misma, «tendré que empezar por conquistarlo, y parece que el silencio es el mejor aliado». Así que comenzó a seguir los pasos que les daban en aquella clase reducida:

—Para conectar con vuestra esencia, lo primero es purificar el pensamiento. Hay que eliminar todas esas creencias erróneas, negativas y limitantes que adquirimos sin darnos cuenta. Concéntrate en tu corazón, o en ese punto clave que tenemos entre los ojos, y repite una frase que te inspire un bien para el mundo o para tu vida.

Belén realizó todos los ejercicios tal y como aquel maestro yogui les iba indicando. Respiraba profundamente y se iba repitiendo en su interior: «Que haya paz en los corazones de los que sufren, que nos llenemos de luz y seamos amor». Le parecía haber entrado en una especie secta de iluminados, pero no perdía nada por intentarlo.

—Vosotros sois los que tenéis que generar los pensamientos positivos en vuestra mente.

Ya en casa se sintió satisfecha con la experiencia. Repetiría. Porque lo primero era centrarse en ella misma y recuperar todo lo que había perdido, sobre todo desde que Mario se cruzó en su camino.

—Creo que ha llegado la hora de pensar en mí, de luchar cada día y volver a ser la que un día fui, expresiva, positiva, sonriente y... feliz. —Según decía esto en voz alta, un escalofrío la recorrió por dentro.

Se levantó de la silla y se fue estirando tanto que pudo descubrir, ante el espejo del salón, las curvas de su cuerpo ocultas durante los años que había ido cabizbaja, con ropa ancha y la columna arqueada. «Encima, ¡aún estoy estupenda!», pensó guiñándose un ojo a sí misma, y salió de casa dispuesta a recuperar el tiempo perdido.

Tras las productivas sesiones de sanación a las que la condujo Marisa, Belén salía con una energía desconocida. Comenzó con la acupuntura y la reflexología. Los masajes para hacer frente a la depresión le parecieron mágicos. ¿Quién le iba a decir a ella que solo presionando ciertas partes de su cuerpo iba a conseguir tan buenos resultados?

Lo que más le ayudó a «encontrarse a sí misma» fue el reiki, la técnica que mediante la imposición de manos consigue manipular los campos de energía del cuerpo para sanarlo. O eso le habían dicho, y ella se lo creyó tan a pies juntillas que empezó a notar mejoría desde el primer momento. Sentía cómo su energía se reajustaba y que la felicidad entraba en su cuerpo por las rendijas que aquel sanador abría.

—No sé cómo explicarlo, pero salgo con energías renovadas, con ganas de comerme el mundo —le contaba a Nerea.

—Quizá lo importante es creértelo para que ocurra —contestó su amiga algo escéptica.

—¿Cómo no voy a creer en ello si me ha cambiado la vida?

—No creo en los milagros, pero si eso te ayuda me alegro por ti.

—¡El milagro está dentro de nosotros! Ahora solo pienso lo que quiero pensar. Me puse a dieta.

—¡Se te nota! Te veo más guapa.

—¡A dieta de pensamientos! —La cara de Nerea era de susto, de no entender nada, y de preocupación por si su amiga había caído en unas de esas sectas raras—.

¡Nerea, no me mires así! Todos podemos elegir lo que pensamos y así elegimos cómo nos sentimos. El odio, la ira, la envidia nos hacen sentir mal, ¿verdad? Pues yo lo cambio por compasión, perdón y paz interior.

—¡Energía positiva a tope! —dijo Nerea tratando de empatizar con Belén, aunque su cara reflejara lo contrario.

—El yoga también moviliza la energía.

—Sí, paz y equilibrio. Ooommm.

—No te estás cachondeando, ¿verdad? Funciona.

—Claro, claro que funciona. Yo es que no tengo paciencia para ello, soy más de elíptica y pilates, que me suben el culo y me lo endurecen. Ahí está mi equilibrio. —A Belén no le gustó el chiste, pero no dijo nada más.

Poco a poco, vio cómo empezaban a ensamblarse los fragmentos de su descolocada vida. Lo más revelador fue darse cuenta de que por fin podía dormir sin tener que tomar pastillas. Los estiramientos y la respiración eran claves para la relajación.

Por fin podía dominar el estrés y la ansiedad sin recurrir a medicamentos.

Estaba convencida de que toda esa química de la que había abusado en tantos momentos de su vida le pasaban factura. Que la solución rápida y efectiva que le ofrecía la farmacología a su insomnio era también parte del problema porque lo perpetuaba en el tiempo.

Supo que las pastillas jamás la habrían curado porque aliviaban su malestar momentáneamente, pero en el fondo lo prolongaban de por vida. Supo que dentro de cada uno existe una farmacia propia.

—Yo también lo he comprobado, Belén, los pensamientos positivos ayudan mucho más que los ansiolíticos —le dijo Virginia, a la que conoció en uno de los cursos de sanación.

—He descubierto que solo si me doy por vencida, fracaso —contestó ella.

—Como dice siempre mi hermana: «La única derrota era el desaliento».

—Y tiene toda la razón, lo peor de todos los males es creer que no tienen remedio.

Y deseó con todas sus fuerzas que todo el mundo supiera que los sentimientos útiles y las actitudes que remedian o alejan los males son capaces de transformar la pena en alegría. Porque ella se habría ahorrado mucho tiempo y sufrimiento si alguien se lo hubiese dicho. «Nada es casual, tuve que organizar aquella bendita quedada para que Marisa me diese la clave que buscaba», pensaba.

El siguiente paso era comunicar a los demás sus descubrimientos. Pensó que la mejor manera sería creando un centro de terapias naturales.

Dejaría un trabajo que jamás le había llenado para lanzarse a emprender un negocio y ser su propia jefa. Aunque sabía que en tiempos de crisis quizá era demasiado arriesgado, había llegado la hora de atreverse con energía, convencimiento, ganas y muchísima ilusión. Eso le daba plena seguridad en su proyecto.

A la siguiente quedada de excompañeros de la facultad se unieron algunos de los que faltaron a la primera. Laura le contó que se dedicaba a las adopciones; era casi la única que había encontrado su lugar en la psicología. Belén se alegró mucho por ella, con quien compartió su furor por las terapias naturales y sus ganas de montar algo relacionado con ellas, y continuó hablando con Alma y su chica, Gema, a la que por fin conoció.

—Me parece increíble que no me den un crédito cuando quiero montar algo que puede ayudar a tanta gente. Lo que más se necesita es equilibrio interior, felicidad duradera, *¡mens sana in corpore sano!* —argumentó con vehemencia.

—Sí, pero no es momento de créditos, ahora se tienen en cuenta más que nunca los riesgos —dijo Gema.

—Pero ¿qué riesgos? ¿Por qué crees que la cirugía estética es el negocio que más ha crecido? Porque la gente no está a gusto consigo misma.

—Sí, la verdad es que cada vez más mujeres se *recauchutan,* con lo bonito que es lo natural, seas como seas —intervino Alma.

—Recurren a cambiar su cuerpo, cuando lo que deben cambiar ¡es su mente!, ¡y yo quiero ayudar a eso! —insistió Belén.

—Sí, si no dudo que sea un proyecto creíble, coherente y con resultados positivos, seguramente, pero no creo que sea la mejor época para... —continuó Gema.

—¡Cómo que no! ¿No se supone que la salida de la crisis pasa por el fomento del emprendimiento? —Belén empezaba a irritarse.

—Lo cierto es que si no hay trabajo, habrá que crearlo, pero... —dijo Alma.

—Pues yo quiero emprender, y ¡ahora es el momento! ¿Cuándo si no hay que empezar a pensar en uno mismo? El presente es lo único que cuenta, y quiero que sepan que, como yo, todos pueden recuperar la ilusión por vivir, por conocerse, por crecer.

—¡Menuda pasión! Se ve que crees en tu proyecto —se admiró Gema.

—Claro que creo, y sé que tarde o temprano saldrá. Ya he visto muchas puertas cerrarse y esta vez no me voy a quedar de brazos cruzados. Por fin he encontrado mi camino, mi lugar, y nada ni nadie me va a detener. Buscaré un inversor privado. Mejor así. ¡No quiero tener que deber nada a los bancos!

—¡Di que sí! ¡Los sueños están para cumplirlos! —Alma, al percibir su gran ilusión, trataba de animarla.

—Perdonad que me meta —dijo Laura—, pero veo que estáis hablando de un negocio orientado hacia el bienestar. ¡Tengo a tu inversora!

Laura preparó la cita para que Belén le contara su proyecto a Ana, a quien había ayudado en el proceso de adopción. El transcurso de papeleos y viajes a Moscú fue tremendamente duro, pero al fin disfrutaba de su mayor meta en la vida: la maternidad. Supo que su vida comenzó el mismo día en que pudo traer a España a su pequeño Mateo. Y ahora se abría además en el plano laboral justo la oportunidad que estaba buscando.

El día que se conocieron, Ana y Belén conectaron a la primera. Ambas habían atravesado duras etapas en sus vidas y sabían lo importante que era sentirse bien para tener una vida fructífera. Hubo gran compenetración desde el principio.

—Entonces, ¿te parece una buena idea? —preguntó emocionada Belén.

—¡Claro que sí! Cuánta gente podrá empezar a ser feliz gracias a todo esto que me cuentas. A mí misma me hubiera venido fenomenal saber que mi vanidad y mi prepotencia solo me llevarían a un oscuro agujero.

—Para gobernar el temperamento, lo que más ayuda es el *Ho'oponopono.*

—¿El qué?

—En hawaiano significa «hacer lo correcto».

—Ay, sí, cuántas veces hacer lo contrario nos crea verdaderos problemas.

—Sí, las palabras mágicas son: lo siento, perdón, te amo, gracias. Mensajes simples, pero tremendamente poderosos.

—¿Ves? Esas palabras para mí estaban vetadas. Mi orgullo impedía que saliesen de mi boca.

—Cuando dejas a un lado los sentimientos dolorosos y asumes el cien por cien de la responsabilidad de cómo te sientes, experimentas poder, libertad y paz —apuntó Belén.

—Creo que además de socia inversora, ¡me apunto como clienta! Aunque mi hijo me haya dado una felicidad infinita creo que aún tengo cosas que limar. —Ambas rieron.

Las dos tenían claro que embarcarse en el mundo de la superación, el crecimiento personal y las terapias naturales era algo esencial en la búsqueda de esa paz interior tan necesaria.

Mi hermana conoció a Belén en un curso de metafísica. En él hablaban de leyes que venían a decir que uno jamás tendrá que enfrentarse a un problema que no pueda solucionar y que en la solución de ese problema habrá algo importante que aprender.

—Tranquiliza saber que cada problema, una vez superado, es un escalón hacia la libertad —comentaba Diana, una de las alumnas del curso en el descansillo del centro.

—Pero es fundamental creer antes en uno mismo —dijo Virginia—. La fe en nosotros mismos nos da la libertad de ser auténticos, y ser auténticos nos da esa felicidad que tanto anhelamos.

—Es cierto que a veces olvidamos que estamos aquí para vivir, disfrutar la vida y ser felices —apuntó Belén.

—Y solo tienes que quererte incondicionalmente y creer en ti para volverte invencible —insistió mi hermana.

—Desde luego que esa es la clave, porque si no, la vida pasa sin ti —dijo una poética Diana.

—Cuanto más demos, más recibiremos, porque mantendremos la abundancia del universo circulando en nuestra

vida —sentenció Virginia—. Está claro que todo lo que tiene valor en la vida se multiplica, únicamente, cuando es dado.

—La ley de la intención y el deseo dice que la sola intencionalidad pone a trabajar para nosotros un infinito poder organizador —dijo Belén también al pie de la letra.

—Si confiamos en que lo que pedimos vendrá cuando tenga que venir —intervino la maestra—, dejas de alejarlo de ti. Lo peor que podemos hacer cuando aparece un problema es preocuparnos porque nos estancamos, quedamos atrapados y acabamos atrayendo más aquello que no deseamos.

—Tenemos que posicionarnos en el SÍ para que se haga realidad —intervino de nuevo Virginia.

—Efectivamente, porque en mi caso estar estancada en la negatividad no me dejaba avanzar. Para salir de aquel freno a mí misma me sirvió mucho la ley del desapego, que me hizo ver que vivía en la prisión del pasado. Como dice una técnica para hacer efectiva el Ho'oponopono: *tiré del tapón y conseguí por fin liberarme de él —confesó Belén satisfecha.*

Virginia se llevó una gran sorpresa cuando conoció a la socia de Belén el día que fue a visitar su recién inaugurado centro de sanación.

—Pero si ya nos conocemos. ¡¿Virginia?!

—Claro, ¡eres Ana!, la del barrio de toda la vida —dijo mi hermana.

—¡Qué pequeño es el mundo! —exclamaron al unísono.

—Sí, algo me contó mi hermana, que habías dejado tu trabajo, que tienes un niño, pero no sabía que eras quien

ayudó a Belén a montar esto. Enhorabuena a las dos, porque veo que clientela no os falta.

—¡Ya ves! Me di cuenta de que la forma más fácil de obtener lo que quería era ayudando a los demás a conseguir lo que ellos desean, ¡y la gente lo que quiere es sentirse bien!

—Sin tener que recurrir a ansiolíticos —intervino Belén—, ¡ni acabar con todas las existencias de chocolate! Que yo sé mucho de ambas adicciones, por cierto. —Las tres rieron.

—La ley del karma dice que cuando optamos por acciones que producen éxito y alegría a los demás, el fruto de nuestro karma será también alegría y éxito —señaló Ana con orgullo.

Juan Pablo llega de entrenar cuando ya tengo la casa ordenada, Rosita me ha echado una mano antes de irse, y estoy dando de comer a Carlos, al que se le cierran los ojos de sueño, y es que, un día más, no ha parado desde que se despertó.

—¡Hola!, ¿qué tal ha ido?

—Genial, ya compré todo, me alegra que venga también la amiga de tu hermana, a ver si esta vez me cierra bien los canales de energía que creo que la última vez no quedaron bien herméticos. Me siento flojillo.

—Oye, guapo, ¡no te cachondees!

—Es broma, si con lo bien que han aprovechado ambas el reiki, nunca lo diría en serio.

—La verdad es que, aunque aún me cueste entender eso de los chacras y el equilibrado de la energía, mi hermana me ayudó un montón cuando estaba en Suecia con tantos dolores.

—Que sí, que a mí también me encantan sus lecciones metafísicas.

—Me metía en su burbuja azul y el dolor disminuía.

—Lo que más me sorprendió es lo de la pirámide de luz, ¿para qué servía?

—Para proteger a quien tú decidas meter en ella. —Según le contesto me doy cuenta de que, aunque soy algo más escéptica que mi hermana, me gustan sus argumentos y enseñanzas—. Supongo que no hay nada como las buenas intenciones y creer en algo para que se haga realidad —digo absorta en mis pensamientos—. Y cuando me duele algo me pone la mano y se me pasa. En fin. Bueno, ¿qué tal el entrenamiento?

—Me encontré a Rafael Martínez, un preparador físico que conocí cuando llegué a España. ¡Un tipazo! Me ha contado que está ahora entrenando a un famoso piloto de motos, Hugo Herranz se llama.

—¡Ah! ¿sí? Mira qué casualidad. Quizá te lleves una sorpresa hoy.

—¿Por?

—Nada, nada, ¿qué te ha contado?

—Pues no he seguido mucho la vida del tal Hugo, pero parece de película.

—Yo algo sé —digo misteriosa—, pero ya te enterarás.

*—No me digas que ahora también... Ya probaste los ra*llies, *que por cierto hasta que no cruzasteis meta no descansé. ¡Solo me falta que te aficiones también a las motos!*

—Pues un esquiador paralímpico que se accidentó conduciendo una moto me contó que hay muchos paralelismos con el monoskí.

—¡No sigas! ¡Lo que me faltaba!

—Tranquilo, que, de momento, no.

Reconozco que en el fondo me encanta verle así, pero no del modo histérico en que alguien celebra los celos de su pareja porque cree que así demuestra más su amor, ¡nada que ver! —los celos solo denotan miedos y complejo de inferioridad—, sino por ese afán protector tan suyo. También quizá porque contrasta con una creencia que tengo profundamente interiorizada: lo que tenga que pasar, pasará, así que ¿para qué voy a malgastar tiempo preocupándome o dejando pasar oportunidades? Y eso me permite embarcarme en toda clase de aventuras y retos. Más que valentía, como dicen, es una filosofía de vida.

—Menuda sorpresa me he llevado, gran tipo este Rafael.

—¡Dile que se venga a comer!

—Ahora mismo le llamo. Y de paso a ver si le consigo sacar qué misterio hay con el famoso Hugo.

—Voy poniendo la mesa —me ofrezco guiñándole un ojo.

HUGO

Hugo no entendía por qué, teniéndolo todo, se sentía tan vacío. Era piloto de Moto GP, había conseguido ganar muchas carreras y era el campeón del Gran Premio de Indianápolis. No le podía ir mejor. Sin embargo, sentía que cada vez necesitaba más estímulos para sentirse vivo: ya no le motivaba únicamente correr sobre una moto.

No recordaba cuándo fue la primera vez que la probó. Era solo un adolescente en busca de nuevas sensaciones, pero el dichoso polvo blanco acabó por engancharle. El éxito y el dinero se habían convertido en una rutina y quería explorar otros mundos.

Al principio solo la tomaba los fines de semana, pero poco a poco se había convertido en un hábito incontrolable. Sentía que le podía, que le atrapaba, y que cualquier esfuerzo por dejar de consumir era inútil. Los amigos de siempre se habían ido alejando sin que él apenas hubiera reparado en ello, pero Sara le había lanzado un ultimátum: «La cocaína o yo».

Hugo tenía claro que la prefería a ella, pero, por mucho que lo intentara, no conseguía deshacerse del hábito que le poseía despiadadamente.

Primero fueron las mentiras y las excusas: concentraciones inexistentes, viajes inventados. Necesitaba seguir consumiendo sin que su pareja sospechara nada. Y como una cosa lleva a la otra, empezaron las infidelidades.

En los lugares en los que podía consumir sin problemas e incluso sentirse respaldado y justificado por otras personas que hacían lo mismo, había también mujeres exuberantes que, en cuanto le reconocían, se echaban en sus brazos, sobre todo cuando compartía con ellas la sustancia reina de la noche.

—¿Dónde vas tan solo? —le dijo la guapa modelo Vanessa Pinilla cuando vio que Hugo abandonaba al grupo con el que estaba tomando una copa.

—¿Me acompañas? —contestó Hugo con una amplia sonrisa y unos ojos llenos de picardía.

—Por supuesto. Necesito empolvarme la nariz.

Entraron en el baño de chicos. Por suerte, estaba desierto. Se metieron en uno de los cubículos y Hugo echó el cerrojo. Sacó del bolsillo de sus vaqueros una papelina y extendió el contenido sobre la taza. Hizo dos líneas largas y perfectas con el polvo blanco; después, enrolló un billete de cinco euros en forma de canuto y se lo ofreció a Vanessa.

—Tú primera. —La modelo no se lo pensó dos veces y esnifó aquella raya con una rapidez y una práctica asombrosas.

—Está buenísima —dijo cerrando los ojos de puro placer.

Hugo la imitó. Se miraron fijamente. Sus cuerpos estaban tan juntos que podían sentir el calor que ambos desprendían. El bienestar que la droga les había proporcionado se convirtió en una poderosa atracción mutua. Ella, sin bajar la mirada, apoyó el pie sobre la tapa del inodoro, consciente de que aquella postura subiría su minifalda dejando ver aún más piel de su escultural cuerpo, y lo atrajo hacia sí. El intenso y delicioso encuentro sexual fue inevitable. Agradecieron los altos decibelios de la música que sonaba fuera y dieron rienda suelta a jadeos y gemidos incontrolados.

Pero pronto llegó el arrepentimiento, no poder mirar a Sara a los ojos, las discusiones con su entrenador, la culpa, el dolor muy profundo de la soledad, de no estar en el sitio adecuado haciendo lo correcto.

Hugo sabía que la adicción le alejaba cada vez más de su familia, de su pareja, incluso de sí mismo.

Sara no aguantó más y abandonó la enorme casa en la que vivían. Le había amenazado ya muchas veces, pero al final Hugo siempre conseguía conquistarla de nuevo. Su dulzura y galantería la desarmaban.

Sin embargo, todo tenía un límite, y un día Sara ya no pudo más, su propia supervivencia estaba en juego. Hugo se sintió fatal.

—Me parece increíble que no hayas sabido mantener lo más importante de tu vida. Yo no podría vivir sin amor —le dijo Paula, su hermana, a quien le dolía verle tan triste.

—Paula, ya sabes que a Sara nunca le gustó que viajara tanto.

—No te inventes excusas, Hugo, está claro que, aunque la vida te sonría, tú mismo te encargas de buscarte problemas. Y si no los tienes, te los creas.

Hugo se quedó pensativo y no supo qué contestar. Quizá era cierto: era un campeón en los circuitos y no lograba triunfar en su vida personal por culpa de su adicción a la cocaína.

Había retomado la relación con Vanessa, loca por convertirse en su nueva novia, cuando de pronto apareció en su vida una mujer con la que Hugo había mantenido una aventura nocturna que recordaba vagamente. Y no apareció sola, sino con un niño de tres años que aseguraba que era hijo suyo.

Hugo estaba en la cresta de la ola y parecía que la mujer solo quería aprovecharse de la situación y sacar un suculento beneficio. Aunque el joven trató de evitar la prueba de paternidad, no le quedó otro remedio que hacérsela y constatar que era el padre de aquel chiquillo. La noticia le ocasionó un gran shock emocional. Había oído muchas historias sobre personajes famosos que acababan engatusados por mujeres que se habían quedado embarazadas a propósito para saquearles y se veían obligados a sanear las cuentas corrientes de unos hijos no buscados y, de paso, de mujeres con las que hubiesen deseado no haberse cruzado nunca. Sin embargo, Hugo jamás imaginó que le tocaría a él.

Sonia, como se llamaba la madre de su hijo, nunca le dijo a Hugo que aquella noche fugaz le había dejado un regalito. Temía que pidiese la custodia y que un juez prefiriera dársela a un afamado deportista profesional antes que a una camarera en paro, así que decidió egoístamente que aquella criatura tendría solo madre.

Sonia ansiaba conocer los secretos de la maternidad y no había encontrado al hombre con quien compartir su proyecto de formar una familia. Al comprobar que los años pasaban y que su deseo no se cumplía, decidió quedarse embarazada de un corredor de motos que había ido a competir a su ciudad y al que, según pensaba, nunca volvería a ver.

Sin embargo, las cosas no fueron tan fáciles como ella pensaba. Las dificultades económicas, la sensación de soledad, la angustia de que algún día su hijo quisiera conocer a su padre y, sobre todo, enterarse por la televisión de que el padre biológico del pequeño Hugo había ganado un premio importante, hicieron que cambiara de opinión. Se propuso dar con su fugaz amante y, de paso, ver si eso podía reportarle un sustancioso beneficio económico.

Además del trastorno emocional que supuso para Hugo descubrir que tenía un hijo ya casi criado y el espinoso camino de pruebas, juicios y sentencias, el deportista tuvo que lidiar con la dulce pero caprichosa e inestable Vanessa Pinilla.

No paraban de discutir, aunque la relación no estaba lo suficientemente desgastada como para darla por terminada. Vanessa se encargaba siempre de destensar el lazo que le unía a su principal proveedor de cocaína. Y para Hugo era muy difícil renunciar a los delirantes momentos íntimos que aquella mujer llena de locura y de erotismo le hacía vivir.

No lograba tomar distancia con ella ni siquiera cuando agotaba su paciencia. Vanessa tenía mucho carácter, muchos antojos y poca tolerancia a la frustración. No podía consentir que algo se saliera de sus planes. Si Hugo no cumplía a rajatabla todos sus deseos, la bronca estaba asegurada. Su personalidad, unida a su fragilidad emocional y a los desajustes hormonales que sufría frecuentemente, hicieron que la noticia del hijo no reconocido de Hugo supusiese un tremendo bache que provocó el fin de una tóxica y desquiciada relación.

Aunque las noches se le hacían eternas sin tener a su lado a Vanessa y había tenido que hacer frente a gastos imprevistos, lo de tener un hijo lo cambiaba todo. Estaba deseoso de conocer a esa criatura, sangre de su sangre.

Con ilusiones renovadas, siguió entrenando para ganar de nuevo. Sus expectativas comenzaban a cambiar. Por fin reconocía que había derrochado tiempo y dinero en arruinar su propia existencia. Quería volver a tener la vida que un día había tenido. Ansiaba empezar de cero, pero tenía problemas: había afrontado los gastos de los juicios y la pensión y, sobre todo, había tenido que mantener durante meses a una cocainómana con más vicio que él mismo.

Había contraído deudas con la peligrosa mafia que movía la droga en los lugares que frecuentaba. Como Hugo era cliente vip, le habían fiado el material sin problemas, pero se acercaba la hora de saldar unas deudas a las que no podía hacer frente, principalmente por los gastos de su inesperada paternidad.

Su idea era viajar a Malasia, al Gran Premio de Moto GP, y volver con dinero suficiente para cumplir con los narcotraficantes, que empezaban a atosigarle con el pago.

Se estaba retrasando en los plazos, aunque su gran error, del que se arrepentiría el resto de su vida, fue otro.

—Hermanita, te tengo que pedir un favor. —Estaba llamando por teléfono a Paula justo antes de embarcar.

—¿Qué quieres ahora, Hugo?

—Pásate por mi casa, que me he dejado el reloj que me regalaron en la última carrera encima de la mesa de la entrada.

—Pues ya lo recogerás a tu vuelta.

—Ese reloj vale más que todo lo que hayas podido tener en tu vida, Paula. Por favor, guárdalo y cuídalo como a tu propia vida.

—Pero es que he quedado.

—Paula, no empieces, hazlo y punto.

—No puedo con tu prepotencia, siempre tienes que salirte con la tuya. Está bien, me pasaré.

Las puertas del avión se cerraron y Hugo apuró el máximo tiempo posible antes de desconectar su *smartphone*. Justo cuando iba a apagarlo, le entró un mensaje.

Era de la gente que le vendía la droga: «Se acabó el tiempo, vamos a tu casa». Su corazón empezó a latir con una furia desconocida y un calor intenso invadió su cuerpo. Se retorció en el asiento sin acertar a marcar el teléfono de su hermana. El avión estaba a punto de despegar. Una azafata se le acercó.

—Debe desconectar todo dispositivo electrónico, por favor.

—Es un asunto importante —dijo con nerviosismo, pero sin conseguir obtener el tono de la llamada.

Sintió morirse cuando comprobó que no tenía cobertura. Quería alertar a Paula, decirle que no fuese a su casa; no quería que nada malo le ocurriese a lo poco que le quedaba de verdadero en la vida. Pero ya estaban sobrevolando Barajas y la conexión era imposible. Las siguientes horas en aquel avión fueron las más largas y angustiosas de su vida.

Paula abrió la puerta de la gran casa que Hugo había comprado hacía pocos años con la copia de las llaves que guardaba en la mesilla de su habitación. Ni siquiera le dio tiempo a cerrar: en cuanto entró, varios hombres encapuchados se abalanzaron sobre ella para reducirla antes de que pudiera reaccionar.

Mientras uno la sujetaba por los brazos, los otros saquearon la casa. En cuestión de minutos habían desvalijado la cuidada y lujosa mansión. Pero no encontraron lo que querían: la cantidad en metálico que Hugo les debía.

—¿Dónde está la pasta?

—No sé quiénes sois ni qué buscáis, pero, por favor, soltadme. —Paula intentaba en vano liberar sus brazos.

—¡Habla!

—Os juro que no lo sé.

—Quizá esto te refresque la memoria. —Uno de aquellos monstruos de negro le propinó una patada en el estómago que la dejó sin aire. Se quedó encogida en el suelo. Paralizada—. ¡Vamos! ¡Dinos dónde guardáis el dinero!

Paula no podía hablar y empezó a sentir una lluvia de patadas. Se retorció en el suelo.

—Por favor, dejadme ya. —Apenas tenía un hilo de voz. Comenzó a sollozar y a gritar de dolor. Pero, lejos de ablandar a sus agresores, con ello provocó que le propinaran nuevos golpes. Estaba prácticamente inmovilizada.

—¡Parad! ¡Joder, que la vais a matar!

Paula comenzó a sangrar por la boca. El último grito desgarrador que pudo emitir no despertó la más mínima compasión en los matones, que siguieron reclamando que hablara a fuerza de patadas y puñetazos hasta que se quedó inconsciente.

—¡Mierda! ¡La hemos matado! ¡Vámonos de aquí! —Se marcharon corriendo hacia los dos coches que les esperaban en marcha y desaparecieron tras el ensordecedor ruido del asfalto quemando las ruedas de ambos vehículos.

La primera noticia que tuvo Hugo cuando aterrizó en Kuala Lumpur fue que su hermana estaba hospitalizada. Muy grave. Sintió alivio al saber que estaba viva, pero era incapaz de deshacerse del inmenso sentimiento de culpabilidad.

—Tengo que volver a Madrid.

—¿Estás loco? ¿Sabes lo que nos ha costado participar en esta carrera? No puedes dejar a todo el equipo tirado, así, por las buenas —dijo su entrenador.

—Lo siento, pero tengo que estar con mi hermana. —Su desazón no le permitía contar la verdad y su entrenador pensó que era una excusa.

—Mira, Hugo, son muchos los desplantes que hemos tenido que aguantar. Estoy harto. Si decides no correr, se acabó, no vuelvas a contar con nosotros. —A Hugo se le humedecieron los ojos.

—Pero ¿cómo me dices eso? Tú sabes todo lo que ha luchado mi familia para que yo haya llegado hasta aquí.

—Claro que lo sé. Por eso mismo lo digo. El que parece que no sabe nada eres tú. Se acabó hacerles perder el tiempo y que lo perdamos también nosotros. Nunca te has tomado esto en serio.

—Las motos son mi vida, pero no estoy pasando por mi mejor momento.

—Siempre tienes alguna excusa. Ni siquiera el gran premio ha hecho que te centres.

—Tienes razón. Reconozco que he sido un idiota, y en muchos aspectos, pero todo va a cambiar.

—Claro que va a cambiar. Si te vas, tendrás que buscarte otro equipo para seguir compitiendo.

Hugo no podía creer que su carrera mereciese finalizar así, pero lo único que le importaba era estar junto a su hermana y que algún día pudiese perdonarle.

Lo más duro fue manejar el resentimiento que sentía hacia su adicción, hacia Vanessa, hacia sí mismo. Era incapaz de eliminar el odio que le pudría por dentro. Si su hermana no salía adelante, no se lo perdonaría en la vida. Tocaría fondo, porque sería imposible que pudiera vivir con ese sentimiento de culpa.

Ahora lo veía claro: su familia estaba por encima de todas las carreras del mundo, de su pasión por las motos, de un presente que no le llenaba, pero del que no veía forma de escapar.

Se despidió de su equipo: decidió dejarlo todo, ir a Madrid y acudir al hospital a sabiendas de que no sería bien recibido.

En cuanto Sergio, el novio de su hermana, le vio, soltó las bebidas que llevaba y se abalanzó sobre él.

—¡Espera! ¡Déjame que te lo explique! —gritó Hugo mientras Sergio le propinaba un certero y doloroso puñetazo.

—¿Qué tienes que decir, enzarpado de mierda? —Y le golpeó con más furia.

—¡Sergio, para!

—¡Tu puta adicción casi la mata!

Hugo comenzó a sangrar escandalosamente, pero Sergio seguía pegándole como poseído por una fuerza demoníaca. Tuvo que aparecer un guardia de seguridad para que se separaran.

—¡Ni se te ocurra acercarte a ella! ¿Me oyes? —le gritó Sergio mientras el guardia le sujetaba con fuerza.

—¡Es mi hermana! —Y se alejó desolado, hundido, perdido y solo.

Enfrentarse a sus padres también fue doloroso.

—Si quieres joderte la vida, hazlo tú solo, no metas a nadie más, y menos a tu hermana. Ya tenemos bastante con perder a un hijo.

—Papá, lo siento.

—Esta vez todo ha ido demasiado lejos. Ahora mismo podíamos estar enterrando a Paula.

—Papá, todo va a salir bien, se está recuperando.

—Aún no sabemos con qué secuelas tendrá que vivir. ¡Joder! ¡Solo tiene veintidós años! —Y rompió a llorar con gran angustia.

—Espero que algún día podáis perdonarme.

—Quizá algún día. Ahora, por favor, aléjate de nosotros, no queremos más disgustos. Ya nos has dado bastantes.

Paula aún no tenía fuerzas para ver a Hugo. Sergio se había encargado de que no apareciese por la habitación del hospital durante el largo mes que había permanecido ingresada. Prácticamente, había vuelto a nacer. El médico fue claro y directo:

—Dentro de todo lo que te podía haber pasado, has tenido suerte. A pesar de las fuertes patadas en la cabeza, no hay lesiones cerebrales. Hemos tenido que extirpar el bazo, pero se puede vivir perfectamente sin él.

Paula pensaba que no podría volver a salir sola a la calle. Tenía terribles pesadillas que la atormentaban en la que unos hombres de negro la perseguían. Sin embargo, Sergio le prometió que nunca jamás le ocurriría nada malo, porque él estaría siempre junto a ella para protegerla. Paula se dio cuenta de que el amor, efectivamente, era lo más importante de la vida. Y por fin, poco a poco, pudo volver a dormir tranquila.

Sonia, que había seguido por la prensa la noticia del brutal ajuste de cuentas que había sufrido la hermana del padre de su hijo, decidió devolverle el dinero que le había pasado de la pensión.

—Ya me lo devolverás cuando todo se calme. Ahora lo importante es que tu hermana se recupere y que saldes tus deudas.

—No sabes cuánto te lo agradezco —dijo Hugo conmovido. Hizo una pausa, tenía algo importante que añadir—: Quería pedirte una cosa, ahora que ya no me queda nada y, sobre todo, que no hay mujer en mi vida que lo impida. Me gustaría conocer a mi hijo.

—¡Claro! Cuando quieras. Aún es muy pequeño, pero algún día estará orgulloso de tener un padre campeón.

—Sonia, ojalá algún día haga realmente algo de lo que pueda sentirse orgulloso —dijo con gran tristeza.

Hugo se quedó conmovido con aquella llamada. Había caído tan bajo que no creía que mereciese la ayuda de nadie.

Con el dinero pudo poner fin definitivamente al origen de todos sus males. Y concluyó que debía sacar algo en positivo de aquella terrible experiencia: no volvería a consumir. «El perico es una mierda —se repetía—. Creo que ya no me queda nada por perder».

Estaba sumido en un letargo que le impedía hasta comunicarse con la gente. ¿Para qué hacerlo?, sentía que lo único que querían de él era aprovecharse. Ahora que ya no tenía nada que ofrecer, se había quedado sin amigos. No tenía ganas de salir de casa ni de relacionarse con nadie. Estaba enfadado con el mundo, pero, principalmente, estaba enfadado consigo mismo. Y eso era lo que más le dolía.

En medio de tanta decepción, el gesto de Sonia le conmovió y supo valorarlo en su justa medida. Que alguien de su pasado se apiadase de un hombre prácticamente destruido le devolvió una pizca de esperanza.

Lo que no sabía era que además de la envidia, la codicia, el rencor o el propio interés, también la compasión motivaba a las personas a hacer algo por los demás. Había pasado demasiados años dedicado a sí mismo e inmerso en un mundo movido por el éxito, la superficialidad y los intereses. Nunca reparó en que existía algo más.

Conocer a su hijo le sirvió para ahogar parte de la devastadora soledad que había invadido su vida desde que su familia le había dado la espalda. Pero, sobre todo, le sirvió para volver a ilusionarse con lo que había sido el centro de su vida: las motos. Vendió todo lo que para él había dejado de tener valor, se mudó a un pequeño piso del extrarradio y decidió volver a los entrenamientos por su cuenta.

Aunque no podía contar con el apoyo de un equipo y unos patrocinadores, se preparaba para, quizá en un futuro, cuando todo hubiera pasado, volver a competir. Era lo único que le mantenía vivo y, sobre todo, ocupado para no volver a caer en el origen de su desgracia y para no reparar en la soledad que le abatía.

Hasta a su amigo Enrique, compañero de escarceos y cómplice de sus traiciones a Sara, se lo había tragado la tierra. Desde que el destino se había obcecado en devolverle de golpe todo el daño que, quizá inconscientemente, había infligido en sus escasos veintisiete años de vida, habían ido desapareciendo una por una todas las personas con las que había compartido algún momento de su vertiginosa existencia.

Había tocado fondo y solo quedaba empezar a subir, pero cada vez le resultaba más difícil desprenderse de un pasado que se empeñaba en perseguirle allá donde fuera. Sentía las miradas de la gente clavándose en su nuca. Y no de admiración, precisamente.

El fatal desenlace del ajuste de cuentas le convertía a todas luces en el malo de la película. Los mismos que le escribían cartas y correos electrónicos alabando sus carreras, su admirable forma de arriesgar al máximo en cada curva y la adrenalina que contagiaba a través de la pequeña pantalla, le increpaban ahora por haber decepcionado al público que le había encumbrado.

Los medios de comunicación vieron además un gran tirón en la noticia. No dudaron en proclamar también su desenlace: «El afamado equipo de competición prescinde de su piloto más importante por una cuestión de imagen».

El joven seguía siendo un corredor con grandes expectativas, pero la noticia del asalto a su casa por miembros de una red vinculada al narcotráfico corría como la pólvora.

—Eres un mal ejemplo para los intereses del equipo —le había dicho su entrenador.

—Eras nuestro ídolo y nos has decepcionado —le decían los que un día habían sido sus fans.

Una de las interminables tardes en soledad, una llamada interrumpió la canción con la que tanto se identificaba, *Cero,* justo cuando Dani Martín decía «quiero que todo vuelva a empezar». Le sorprendió ver en la pantalla el nombre de Rafael Martínez. Había sido su primer entrenador, pero llevaba sin hablar con él siete años por lo menos.

—¿Qué? ¿Tú también me vas a decir todo lo que he hecho mal?

—Hola, Hugo, ¿cómo estás? —saludó Rafael haciendo caso omiso de la amarga salida de Hugo—. He leído la noticia.

—Imagínate, ¿también quieres machacarme?

—Qué va, yo solo quería decirte que celebré en privado todos tus éxitos, aunque muchas veces no me gustara tu actitud.

—Prepotente, ya lo sé.

—Eras un joven sobrado de talento, te exigía muchísimo y respondías de forma asombrosa, en cada entrenamiento dabas el doscientos por cien, pero...

—Pero era un gilipollas que nunca te escuchó.

—El talento sin talante no suele dar frutos.

—Como tú decías, la vida es mucho más que dejarse la piel en cada curva.

—Me alegra que lo recuerdes. —Rafael sonrió orgulloso al otro lado del hilo telefónico—. Aunque no compartiese tu forma de vida, me alegré mucho de tus éxitos deportivos.

—Tampoco olvidaré jamás aquello que decías: «Quien se cree algo por ganar una carrera es idiota».

Rafael volvió a sonreír al otro lado de la línea telefónica.

—¡Y así es! —Ambos rieron—. Sabes que nunca me gustó ejercer de padre de los deportistas a los que entreno, pero...

—Humildad, eso es lo que hace grandes a los deportistas —dijo Hugo.

Rafael estaba conmovido: veía que sus consejos no habían caído en saco roto.

—Bueno, Hugo, no te llamo para reprocharte nada, solo que, como imagino que no tendrás mucha gente cerca, que suele desaparecer en las malas, y dado que ya no estás en el equipo, quería proponerte, si te apetece y tienes tiempo, que te pases por el Centro de Alto Rendimiento de Granada. Mis jóvenes pilotos te quieren conocer.

—Pero si soy el peor ejemplo que pueden seguir.

—Vamos, Hugo, ellos se quedan con tu furia sobre la moto, con tus tumbadas, con tu espíritu intrépido.

—Estaría encantado, porque además necesito un entrenador y nadie mejor que el principal responsable de todos mis premios.

—Ya será menos. Me das una alegría, Hugo. Mucho ánimo y hasta pronto.

—Adiós, entrenador.

Hugo se quedó pensando. Aquella llamada era lo más parecido a un oasis después de haber caminado solo y perdido por el desierto. Le pareció muy tentadora la propuesta, sobre todo porque suponía volver al origen de todo, justo cuando se estaba replanteando empezar de nuevo. Aunque nunca se lo había dicho, Rafael había sido para él el trampolín para llegar a lo más alto. Y aún estaba a tiempo de volver con él y tomar esta vez otro camino menos dañino y perjudicial para todos pero, sobre todo, para sí mismo. No se lo pensó: hizo la maleta, subió a su resplandeciente moto de 250 centímetros cúbicos y desapareció rumbo al CAR de Granada, situado entre las blancas montañas de Sierra Nevada.

Su licencia deportiva, aún vigente, le permitió hospedarse sin problemas en el Centro de Alto Rendimiento. Se asomó a la ventana en cuanto le dieron habitación. Había nieve por todas partes. Estaban a más altura incluso que las pistas de esquí que podía divisar. Disfrutar con detenimiento y calma de aquel paisaje de cuento le produjo una extraña sensación de bienestar. Extraña porque nunca había sentido nada parecido sin que estuviera provocado por el alcohol o sustancias químicas.

En la pista de atletismo, rodeada de una nieve que más parecía de adorno que puesta por la naturaleza, de tan perfecta como era, vio a un grupo reducido de muchachos de unos veinte años corriendo. Buscó con la mirada a Rafael y creyó verle entre los chicos. Se puso ropa deportiva y se unió al entrenamiento ante el asombro de Rafael, al que guiñó un ojo cuando pasó a su lado. Su entrenador le hizo un gesto de felicidad: le emocionó reencontrarse con su piloto preferido tanto tiempo después de que se hubieran visto por última vez, corriendo como uno más.

Al principio, a Hugo le costó seguir el ritmo del grupo y se propuso entrenar más horas y más duro. Como cuando empezó. Un día que volvía tarde del gimnasio, al pasar por la piscina olímpica le sorprendió ver siete sillas de ruedas al borde del agua y siete cabezas sumergiéndose en cada brazada para avanzar más deprisa, cada una por su calle.

Elsa era una de ellas. Pensó que eran nadadoras paralímpicas y, sabiendo el buen puesto en que dejan siempre a España, se quiso acercar para darles la enhorabuena, pero aún les quedaba entrenamiento y el cansancio pudo con él.

Al día siguiente, en el comedor, se sentó al lado de Rafael en lugar de hacerlo con los jóvenes pilotos.

—No he vuelto a encontrar un piloto como tú.

—¡Venga ya!

—Te prometo que es muy difícil. Los jóvenes de ahora quieren tener el éxito de los grandes, pero ahorrándose su esfuerzo.

—Está claro que en las competiciones deportivas, como en la vida, nadie te regala nada.

—¡Por supuesto que no! Cada vez me resulta más difícil lidiar con ellos.

—Parecen buenos chicos.

—No digo que no lo sean, pero ¡joder, que sus mayores referentes sean estos personajes de la televisión que venden su vida y hasta con quién se acuestan!

—No está mal —dijo Hugo irónicamente.

—Si trataran de imitar a quienes entrenan día y noche dejándose la piel para lograr sus objetivos, ¡otro gallo cantaría!

—Pues, seguramente.

—¡Estas sí que tienen huevos! —dijo Rafael señalando a un grupo de chicas que entraban en ese momento y se colocaban en la fila del autoservicio. Todas iban en sillas de ruedas muy ligeras y modernas.

—Sí, vi anoche las sillas. ¿Qué hacen? ¿Natación?

—¡Qué va! Esquían.

—¡¿En serio?!

—Sí, en monoskí, ¿nunca lo has visto?

—Joder, deben de alcanzar mucha velocidad.

—Pues tiene mucho en común con lo que hacéis vosotros: inclinación, angulación, equilibrio.

—Sí que tienen que echarle valor. ¿Cómo es que nunca coincidimos con ellas?

—A esta hora suelen estar en las pistas y cuando cenamos, están nadando, entrenan muchas horas. —Según escuchaba estas palabras, Hugo sentía crecer su admiración por aquellas chicas que se estaban sirviendo la comida ajenas a los comentarios. Habían aprendido a ignorar las miradas de asombro y los murmullos que despertaban a su alrededor, por pura supervivencia. Algunas habían pasado demasiados años ya lidiando con miradas de pena o compasión y con comentarios que no podían estar más lejos de la realidad.

—Pues me alegro de que hoy la estación esté cerrada, porque quiero conocerlas.

—Claro que sí, estarán encantadas de saludarte. Son fabulosas.

Rafael se acercó al grupo.

—Hola, Elsa.

—¿Cómo vas, Rafa? ¿Se van dejando domar las pequeñas fierecillas?

—Ahí vamos. Hoy, contento con el trabajo, pero hay días que siento que pierdo el tiempo.

—Pues nosotras, ya ves, un día más aquí metidas por el fuerte viento y la niebla.

—Oye, ¿os importa venir a la sala de conferencias cuando terminéis de comer?

—Déjame adivinar. ¿Una charla de motivación a tus chavales? ¡Al final vamos a empezar a cobrarte! —Ambos se rieron.

—No estaría de más porque os mencionan mucho en los entrenamientos, sois un gran referente. Pero no, esta vez quiero que os conozca un antiguo alumno mío

—señaló hacia la mesa en la que Hugo observaba atentamente, pero Elsa ni se giró a mirar. Puso la bandeja sobre sus rodillas y avanzó hacia la mesa, en la que ya se iban colocando el resto de sus compañeras.

—Venga, fenomenal, ahora se lo digo al equipo. Hasta luego, Rafa.

—Nos vemos en un rato. ¡Que aproveche!

Rafael se quedó sorprendido ante la cara de Elsa cuando apareció Hugo.

—Suponía que le reconoceríais. Pues sí, empezó a entrenar conmigo.

—Sí, por aquí hay alguna que otra admiradora suya —dijo Sandra, jocosa, mirando a Elsa, que cada vez disimulaba menos su cara de ilusión y asombro. Se sonrojó cuando Hugo empezó a hablar, aunque para suerte de Elsa, el joven se dirigía principalmente a Teresa, otra de las componentes del equipo.

—Ya me ha dicho Rafael todo lo que entrenáis y corréis y, bueno, yo... solo quería daros la enhorabuena.

—Muchas gracias —respondieron todas casi al unísono.

—¡Enhorabuena a ti, que eres un campeón! —dijo Malu.

—Bueno, como dice Rafa, los premios se quedan en un cajón.

—Así es. ¡La mejor carrera es la que aún está por ganar! —apuntó Rafael.

—Bueno, ¿y qué tal te va? Las noticias...

—Todo eso quedó atrás —dijo Hugo interrumpiendo a Natalia—. Ahora solo quiero dar buenos motivos a los patrocinadores para que vuelvan a confiar en mí.

—¡En esa estamos siempre nosotras! —dijo Esther con sarcasmo—. ¡Y no sabemos si es más duro incluso que acabar mil eslálones sin caernos ni comernos un palo! —Todos se rieron.

Elsa seguía perpleja: no podía creer que tuviera ante sus ojos al hombre de sus sueños. Cuando por fin consiguió entrar en la amena y distendida conversación, Hugo pareció quedar prendado de su dulzura y de su discreción y calma, más aparente que otra cosa, pues, en realidad, Elsa estaba paralizada por la sorpresa.

Hugo tenía previsto ir a Madrid porque se iba a reunir con el directivo de una gran empresa patrocinadora que estaba interesada en él. Ese mismo día Elsa se armó de valor para acercarse a él. Aprovechó que estaba solo y que el comedor se estaba quedando vacío.

—Así que te marchas.

—Sí, ¡a ver si tengo más suerte que vosotras con esto del patrocinio! —Ambos se rieron.

Elsa decidió ir al grano.

—Nunca pensé que pudiera decírtelo, porque jamás se me pasó por la cabeza que un día te iba a conocer, pero quiero que sepas que tú significaste mucho en mi recuperación.

—¿Qué? ¿Quién? ¿Yo?

—Bueno, no te voy a engañar, en aquella época apenas seguía tu trayectoria, ni siquiera te conocía. Pero cuando te vi en la televisión... No sé, algo se movió en mí. Quise empezar a luchar y, ¡mira por dónde!, te conozco precisamente aquí.

—No sabes lo que me emociona que me cuentes esto.

—Mis amigas hicieron lo imposible por encontrarte para pedirte que fueras a verme al hospital.

—Siento no haberme enterado. Hubo una época en la que estuve muy perdido.

—Y cuando escuché lo que le había pasado a tu hermana. La sentía casi como parte de mi familia.

—Aún no he vuelto a verla. Es una larga historia. Algún día te la contaré.

—Cuando quieras. ¿Está bien?

—Sí, está bien. Si no es indiscreción, ¿a ti qué te pasó?

—Lo que le pasa a tanta gente: un accidente de tráfico. Lo bueno de la silla es que ya nunca más he vuelto a esperar en una fila. —Elsa intentaba poner humor a su situación—. ¡Ah! ¡Y que entro gratis en muchos museos de todo el mundo! —Le guiñó un ojo y sonrió—. Ahora en serio, hay algo mucho mejor: y es que estas ruedas atraen a personas buenas, voluntariosas, especialmente sensibles, a gente que vale la pena.

—Imagino que también aleja a ciertas personas.

—Sí, pero son personas a las que cualquiera preferiría tener fuera de su vida. ¿Lo ves? ¡Otra ventaja! ¡Ahuyenta a quienes vale más tener lejos! —Sus contagiosas carcajadas dibujaron una enorme sonrisa en el rostro de Hugo, cuya mirada desprendía ternura por todas partes.

Se fue quedando prendado del fuerte magnetismo que el carácter optimista de Elsa irradiaba. Ese mismo día, antes de partir, en los vestuarios, escuchó unas risas provenientes de la zona de los jacuzzis.

Curioso, se acercó, pero permaneció en un lugar en el que no podía ser visto y sí enterarse de lo que allí hablaban. Un agradable cosquilleo le atravesó el cuerpo desde la espalda al poder examinar con todo descaro la sonrisa de Elsa. No podía dejar de mirar su tersa y radiante cara salpicada por las gotas de agua que bailaban ante las cuatro esquiadoras.

—A ver chicas, dejad de moveros que tengo que estar continuamente agarrada al asiento porque ¡me flotan las caderas! —dijo una de sus compañeras con una lesión medular algo más alta que la de Elsa.

—Es que me está rozando una pierna, ¿de quién es? —dijo otra compañera.

—¡Mía seguro que no! —dijo la que tenía sus prótesis perfectamente colocadas frente a la ducha. La mirada de Hugo se detuvo instintivamente en aquellas piernas ortopédicas y dio un respingo. Estaban tan logradas que parecía que alguien quisiese gastar una broma o fuesen parte del decorado de una película de terror.

—Entonces ¡será mía! —dijo Elsa, que había perdido la sensibilidad en el accidente y que estaba muerta de risa.

Además de su rostro y su sonrisa, Hugo se estaba enamorando de una alegría y un sentido del humor que nunca antes había visto, y menos aún en una situación que para muchos resultaba francamente difícil.

De camino a Madrid, Hugo no podía quitarse a Elsa de la cabeza: su forma de hablar, de mover las manos, el brillo de sus ojos y, sobre todo, su estilo propio de vivir, de sonreír a la vida cuando esta no ofrecía más que argumentos en contra para hacerlo. Pensó en su hermana: «Ojalá se conozcan un día. Se llevarían muy bien».

La reunión para conseguir el patrocinio fue un éxito y Hugo sintió que las aguas podían volver a su cauce. También iba por buen camino el acercamiento a su familia. Quiso compartir el comienzo de su nueva vida con su hijo. Ahora veía cada vez más cerca la posibilidad de hacer algo de lo que pudiese enorgullecerse el pequeño Hugo el día de mañana.

Rafael le llamó para decirle que había decidido dejar de entrenar a sus jóvenes alumnos, que en el fondo no era algo que le llenase demasiado, para centrarse en las rutinas de Hugo y en su vuelta a la competición de alto nivel. En el Centro de Alto Rendimiento se habían despertado muchas emociones dormidas.

Hugo pasó unos días en Madrid y cuando volvió al CAR lo primero que hizo fue ir a la piscina. Allí estaban las siete sillas y las siete cabezas moviéndose acompasadamente. Reconoció a Elsa, principalmente por el llamativo color morado de su gorro de baño, y se quedó mirando cómo nadaba, hipnotizado. Al terminar, ella le saludó y con una seña le indicó que se veían tras la ducha. Hugo esperó impaciente en la cafetería.

—¡Qué sorpresa! No sabía que volvías hoy. ¿Cómo ha ido todo por Madrid?

—Mejor de lo que me imaginaba.

—Vaya, me alegro. Eso quiere decir que... ¿No querrán apoyar también a unas intrépidas esquiadoras? —Se rieron—. No, en serio, ¡felicidades!

—Gracias, espero no volver a liarla. —A Elsa le desarmaba su cara de niño travieso. Se sentía profundamente atraída por el Hugo de carne y hueso.

—Seguro que no. —A Hugo le costó reprimir las enormes ganas de besarla y abrazarla que le entraron. Estaba tan interesado en ella que no quería precipitarse por si lo estropeaba todo.

Siguieron hablando horas hasta que se quedaron solos. Ninguno quería irse a su habitación, pese a que el entrenamiento del día siguiente prometía ser duro.

Hugo entendía que aquella noche llena de magia era clave en su conquista. Como imaginaba, a Elsa le enterneció la relación con el hijo que acababa de conocer.

—Me encantan los niños.

—A mí también, espero tener más, algún día, junto a la mujer con la que comparta el resto de mi vida. —Y la miró con tal fuerza y verdad en sus ojos que Elsa se quedó muda.

Aquel silencio eterno, protagonizado por una mirada que lo decía todo y que prometía perpetuarse, culminó en el lento y ardiente acercamiento de Hugo a los labios de Elsa. Fueron unos segundos asombrosamente mágicos. El calor les invadió a los dos y los latidos de ambos corazones se multiplicaron de forma casi perceptible.

Fue el preludio de un apasionado beso que parecía no tener fin.

En aquella misma concentración, justo antes de que el equipo de Elsa viajara a otra estación de esquí, donde se disputaba la siguiente carrera de la temporada, Hugo no aguantó más y dio rienda suelta a sus sentimientos.

—Igual esto que te digo te sorprende, porque no hace mucho que nos conocemos, pero... —A Elsa se le iluminó la cara—. Eres la mujer más especial que he conocido nunca. —Creía estar soñando—. Además de ser hermosísima, tienes una magia increíble. Siento que a tu lado sería muy feliz. —Elsa, emocionada, no conseguía articular palabra—. No sé cómo decirte que... quiero envejecer junto a ti.

La felicidad que ambos transmitían casi se podía palpar. Se tradujo incluso en una significativa mejora en sus respectivos compromisos deportivos. Elsa consiguió una medalla y Hugo estaba logrando unos tiempos muy competitivos.

—Paula, tienes que conocerla, me recuerda tanto a ti.

—Yo no he superado ni la mitad de cosas que ella —dijo su hermana al otro lado del teléfono.

—Ambas tenéis algo especial.

—Por fin sientas la cabeza, hermanito.

—No sabes cuánto te entiendo ahora —admitió Hugo.

—Vivías en un mundo que no te permitía abrirte al amor.

—Espero que Sergio me perdone y que algún día podamos ser amigos.

—Dale tiempo, seguro que sí. Eres mi hermano. Por fin siento que te recupero para siempre.

Hugo se contagió del gusto de Elsa por el cantante de Destino Silvania. Su voz, y el ardiente recuerdo de su amor, le acompañaban en sus largos viajes. Cuando empezó a sonar la canción *Una historia para siempre* en su reproductor, Hugo apenas pudo contener las lágrimas. Recordaba la melodía y repetía en su mente los primeros versos : «Nunca imaginé una vida contigo y desde entonces he vuelto a soñar como un niño...». Aquella canción expresaba a la perfección lo que sentía: quería estar con Elsa el resto de su vida.

—¿Y no te importa lo de la silla? —le preguntó un compañero en una concentración.

—Si a ella no le supone problema, a mí menos.

—*Joé,* tío, te admiro, yo creo que no podría.

—He conocido a muchas mujeres con carencias mucho más ingratas y mortificantes que el simple hecho de no caminar.

En ese momento entró Rafael en el vestuario.

—¡Y yo creo que me he cruzado con todas! —intervino con una mueca. Los tres rieron ante la ocurrencia—. Menos mal que un piloto mexicano me dio la clave para no sufrir por ellas.

—¡Ah! ¿sí? ¡Dime cuál es! —dijo casi desesperado el compañero de Hugo.

—*Valemadrina.*

—¿Cómo?

—Sí, como dicen en México: «¡Que me vale madre!»

—¡Buena técnica! —rio Hugo—. Pues a mí ya NO me da todo igual.

Tras sus respectivos viajes, el deseado reencuentro fue apasionado e inolvidable.

El deseo aumentaba en cada mensaje, tras cada llamada, y pudieron dar rienda suelta a todo ese amor contenido la misma noche en que volvieron a verse. Se amaron sin reservas fundiéndose en una sola persona y Elsa pudo experimentar lo que jamás le había hecho sentir un hombre.

La noche siguiente de aquel fin de semana que quedaría grabado para siempre en la memoria de ambos, Hugo le pidió a Elsa que le acompañara a ver los fuegos artificiales desde un acantilado que poca gente conocía. Con lo que no contaba fue con la enorme luna llena que iluminaba desde el cielo la romántica escena.

—Elsa —dijo Hugo tembloroso mientras se arrodillaba ante ella y escondía algo en las manos tras su espalda—. ¿Quieres casarte conmigo? —preguntó. Y abrió un pequeño estuche que contenía un precioso anillo de compromiso.

Elsa se emocionó de tal forma que no pudo contestar.

—Pero... ¡dime algo! —Hugo temía que no sintiera lo mismo que él.

—¡Sí! —ella le abrazó emocionada.

En ese momento comenzaron los coloridos fuegos artificiales a iluminar aún más el cielo, sus rostros y hasta las lágrimas de alegría.

¡Ay! ¡Qué bonito es el amor! Aún me emociono al recordarlo. De esta nube de ensimismamiento y romanticismo me baja súbitamente Juan Pablo, que entra con las manos negras del carbón y oliendo a humo.

—Las brasas ya casi están, voy poniendo el pollito, la carne y todo lo demás.

—Perfecto, saco los aperitivos.

—¡Y las tortillas de Rosita!

—Por supuesto. ¿Al final viene Rafael?

—¡Sí! No veas qué ilusión le hizo, pero parecía que sabía que hoy había celebración en casa.

—Quizá alguien se lo dijo.

Suena el timbre de la puerta.

—Mira, puede que ahí tengas la respuesta. —Juan Pablo me mira extrañado y va corriendo a abrir.

—¡Elsa! —le da un fuerte abrazo y saluda afectuosamente al chico que la acompaña sin saber aún de quién se trata.

—Bueno, amor, pues este es el famoso Hugo Herranz —le digo según entran. Saludo efusivamente a mi compi de esquí

y empiezo a enseñarle cómo quedaron los arreglos de la casa desde que decidimos compartirla con mi madre.

—¿Así que entrenas con Rafael Martínez? —Juan Pablo ha decidido apropiarse de Hugo—. Apenas coincidí unos meses con él, pero me parece un gran profesional.

—Lo es. Me dio los mejores consejos de toda mi carrera.

De nuevo el timbre de la puerta.

—¡Lucas! Y tú debes de ser Lucía. —La chica es realmente guapa y parece muy tímida.

—¡Hola! —dicen los dos. Aún no han cerrado la puerta cuando asoma tras ellos Rafael, que saluda a todos cortésmente y da un gran abrazo a Hugo. Lucas se queda perplejo y me pregunta si es el verdadero campeón de Moto GP.

—¡Claro que sí! ¡Y se ha casado con mi compañera de esquí! —Lucas no da crédito.

—Qué bien huele —dice Lucía haciendo gran esfuerzo por vencer su timidez ante los desconocidos invitados.

—¡Ya veréis qué rico asado! —apunta Elsa.

Mi amiga se queda hablando con Lucía, mientras los chicos conversan con Juan Pablo al lado de la parrilla. Lucas ya le ha dicho a Hugo que le encantan las motos, que es un auténtico honor conocerle y que se alegra mucho de que vuelva a las carreras. Rafael le observa y piensa que con su físico también él podría llegar a ser un buen deportista. Llaman otra vez y me voy a abrir.

—¡Hola, Vir!, ¡cuñado! ¿Y los niños más preciosos del mundo? —Valeria y Nicolás corren a abrazarme—. Willma, ¡que me tiras! —Su preciosa Golden se suma a los abrazos. Nuestra Rachita corre también a dar la bienvenida a su fa-

milia, a la que se incorpora Leo, el perro cruce de pomerania de mi madre.

—¡Hola, Hada Madrina! —dicen descompasadamente y aún con lengua de trapo—. ¿Dónde está «pimo Carlos»?

—Está dormidito, cuando se despierte vamos a verle.

Mi madre sale al oír a sus nietos mellizos. Detrás viene Julia, que contempla embobada cómo abrazan y besan repetidamente a su abuela.

—¡Ay el día que Lucas te haga abuela! ¡Es lo mejor del mundo! —dice llena de amor y alegría mi madre.

—Por cierto, ya llegaron Lucas y Lucía. Tu hijo está alucinado con Hugo —les anuncio.

—¡Ah!, ¿ya están aquí? Vamos, Chusita, que quiero que conozcas a Lucía, ya verás qué cielo de niña. —Pero ella sigue embelesada con sus nietos de rizos dorados y armoniosos y dulces rostros.

—¿Y Yanpol? —me pregunta Nico.

—¿Dónde va a estar tu padrino?¡En la parrilla! —Mi sobrino de tres años sale corriendo—. Pero ¡no te acerques demasiado al fuego que sabes que te regaña! —Valeria se une a la carrera.

Seguimos a los mellizos y tras los saludos y las presentaciones vuelve a sonar el timbre de la puerta. Le pido a Vir que suba a abrir, sus hijos la acompañan y detrás Willma, Racha y Leo.

Son Belén, Ana y el pequeño Mateo.

—¡Cuántos perritos! Si lo sé, traigo a Iris.

—Mi hermana feliz, le encantan los animales.

—La mía significa tanto para mí.

—¿Y para quién no? Son uno más de la familia.

Valeria y Nicolás agarran fuertemente de la mano a Mateo para conducirle al lugar donde está empezando la celebración. Los tres caminan con cierta dificultad, el nuevo amiguito les desequilibra debido a su inexperiencia, pero ellos se sienten defensores y mayores. Mateo no llora cuando tropieza y cae al suelo, aunque a Ana parece que se le va a salir el corazón del susto.

—No pasa nada —dice de inmediato Valeria según le ayuda a levantarse. Y siguen su camino a trompicones.

—Ana, ¿qué tal lo llevas?, ¿se porta bien? —dice Virginia.

—Es un bendito —se adelanta Belén—, pero esta pesada está todo el día encima de él. Creo que te preocupas demasiado, Ana.

—No lo puedo evitar, quizá sea demasiado protectora, lo reconozco, pero me da miedo que se caiga, que se haga daño. Siento mucha responsabilidad y me da miedo todo.

—Basta que tengas miedo para que ocurra eso que temes —dice Belén.

—Tienes que decretar que va a ser un niño sano y feliz —sentencia mi hermana.

—Lo intento. Si ya lo decimos siempre en nuestro centro: el poder de las palabras, de los pensamientos, de los decretos.

—¡Pues eso! ¿Es que no te ha servido?

—Con un hijo todo cambia. Es difícil —dice Ana.

—Tan difícil como tú lo quieras. La importancia tanto a lo bueno como a lo malo solo se la das tú —apunta Virginia.

Sigo con las presentaciones y percibo que hay más detenimiento del normal y un no sé qué cuando digo:

—Belén, Rafa, Rafa, Belén. —A Juan Pablo tampoco se le escapa aquella magia y con su mirada pícara y sonriente me

lo dice todo. Como no puedo esperar, antes de que empiece la comida llevo a Elsa a un rinconcito.

—No lleva anillo, ¿pero está casado?

—Qué va, por lo que me cuenta Hugo, parece que ha tenido bastante mala suerte con las mujeres —me aclara Elsa.

—¡Vaya! Pues la amiga de mi hermana con sus novios ni te cuento. Vamos, que no sé por qué me da que estos dos son tal para cual —digo con euforia.

Nos vamos sentando mientras Juan Pablo continúa haciendo viajes a la parrilla para rellenar la bandeja. Vacío, entraña, tira de asado, matambre, mollejas, pollo a la parrilla. Rodea la mesa unas cuantas veces repartiendo a cada uno lo que más le gusta, y se sienta a comer.

Me dirijo a Lucía, que es la única que no habla, supongo que por timidez, ya que su rostro refleja alegría por estar compartiendo un rato muy agradable, como los del resto, especialmente los de Belén y Rafael que se miran furtivamente y no atinan a seguir ninguna de las conversaciones que surgen de forma distendida y espontánea.

—Me ha dicho Julia que tu padre está fantástico.

—Sí, ha vuelto al trabajo y todo. Estamos muy contentos.

—Aunque se lo va a tomar con calma —continúa Lucas—, tiene que compaginarlo con otro trabajo, ¡cuéntales, Lu!

—Bueno, ahora es voluntario de una fundación que trae a España a niños con cáncer que requieren una operación que es inviable en sus países de origen.

—¡Qué bien! Hay tanto por hacer —dice Elsa.

—¡Qué trabajo tan apasionante! —dice Juan Pablo.

—Mi madre también está encantada, lo malo es que nos encariñamos con los niños que se quedan en nuestra casa a veces mucho tiempo, y la despedida es muy dura.

—¡Pero se van sanos! Eso debe de ser maravilloso —continúa Juan Pablo emocionado.

—Claro que lo es y a Lucía le está sirviendo de máster anticipado acompañarles a las consultas y conocer el protocolo en cada caso, porque estudia Medicina —dice Julia orgullosa—. ¡A ver si se te pega algo hijo! —le dice a Lucas, al que no parece gustarle nada el comentario.

—Ya me ha dicho que le encanta el deporte —interviene Rafael—. ¿Por qué no haces INEF? —A Julia se le ilumina la cara.

—¡Estaría genial! —Lucía no puede contener el impulso.

—¿Quién sabe? —los ojos de Lucas llenos de amor se clavan en los de Lucía—. Desde luego que lo mío es el deporte y, bueno, nunca es demasiado tarde.

El llanto de Carlos me hace abandonar la interesante conversación. Cuando vuelvo con mi hijo en brazos ya están tocando otros temas más triviales.

Mi niño mira a todos con los ojos bien abiertos y dedica su primera sonrisa a su prima Valeria. Le dejo sentado con sus primos y Mateo en el rincón de juegos pero en cuanto me siento ya está caminando hacia los mayores.

—¡Cómo ha crecido desde que no le veo! —apunta Elsa mientras le coloca en su regazo—. ¡Ay, cuánto pesas! —dice mirando a Hugo con ternura—. Creo que este es el momento —dice en voz baja a su recién estrenado marido.

Estábamos ya con los postres cuando Hugo hace sonar su copa con una cucharilla. El murmullo desaparece.

—Queremos aprovechar este feliz encuentro para daros una noticia. —Todos nos quedamos expectantes. No sabía que aún había más buenas noticias que dar.

—¡Vamos a ser papás! —dicen a dúo. A Elsa le brillan los ojos más que nunca.

—¡Enhorabuena! ¡Felicidades a los dos! —gritamos todos.

—¡Por esa nueva vida que está en camino! —dice Juan Pablo alzando su copa de vino.

—¡Por vuestro bebé! —gritan todos alzando sus copas.

—Hija, con agua no se brinda —dice mi madre a mi hermana—. Como decía mi padre: «Si el agua estropea los caminos, ¡¿qué hará con los intestinos?!». —El único abuelo al que conocimos sigue tan presente. Todos ríen y siguen jaleando la buena nueva.

—Bueno, ahora ya sabéis el motivo por el que dejo temporalmente el equipo —aclara Elsa.

—Ya me extrañaba a mí que a tan pocas carreras de conseguir los puntos necesarios para participar en los siguientes Juegos Paralímpicos de Invierno, lo dejaras —digo con los ojos vidriosos—. ¿Y qué tal lo llevas? Aún no se te nota.

—¿Cómo que no? ¡Mira! —dice ajustándose la camiseta al vientre.

—¡Qué hermosa pancita! —Hugo imita el dulce acento de Juan Pablo.

—El médico me explicó algunas cosas, aunque si lo que quiso fue tranquilizarme, no lo consiguió.

—¿Pero qué te dijo? Yo no tuve ningún problema —contesto.

—Que si con lesión medular existe un elevado riesgo trombogénico, o no sé qué, que si no puedo estar mucho tiempo en la cama.

—Pero, si con lo activa que eres, ¡lo difícil será meterte en ella! —dice Hugo.

—Elsa, puedes llevar una buena alimentación. Y haz algún ejercicio como nadar, como hacía Irene —dice mi madre.

—También vienen muy bien los calcetines elásticos y estar con las piernas elevadas varias veces al día —dice Belén.

—Sí, y tengo que controlar el peso.

—¡Eso fundamental! No podemos permitirnos ganar muchos kilos, ¡que luego cuesta soltarlos!

—Demasiados cuidados y prescripciones. ¡Qué plastas están todos en casa!

—¡Cuídate que nos conocemos! —le digo.

—Por supuesto que no haré nada que ponga en riesgo a nuestro bebé. —Ahora comprendo tanto esa nueva luz que irradian sus ojos.

—Los nueve meses que nos dan los hijos de ventaja para que podamos mentalizarnos y prepararnos como padres no están de más —dice mi hermana.

—Pues en mi caso fueron más, y aun así ¡no creo que sea suficiente! —señala Ana sin quitar la vista puesta en Mateo. No lo ha hecho desde que juega cerca de la mesa de los mayores con Valeria y Nicolás.

—Es cierto que los miedos asaltan cuando menos lo esperas —dice Belén mirándola, la comprende, pero quiere que aprenda a ser menos obsesiva.

—Sí, ¡desde que nació Carlos comprendo taaaanto a mis padres! —digo—. Pero no podemos protegerles eternamente

ni vivir su vida por ellos, por eso tenemos que darles las herramientas necesarias para que aprendan y superen todo lo que les toque vivir. —Mi madre me mira orgullosa.

—Está claro que el dolor no se puede esquivar; está ahí para fortalecernos —añade mi madre.

—Pero sí se puede aprender a manejar todas esas emociones negativas con pensamientos positivos —sentencia Virginia.

—Aunque hayamos atravesado momentos francamente difíciles, hacer una lectura optimista de ellos atrae acontecimientos maravillosos —agrega Elsa mirando a Hugo con las manos en su vientre.

Cuando empieza a anochecer Ana decide que es hora de irse.

—Pero lo estamos pasando genial —dice Belén.

—Aún tengo que bañar a Mateo, prepararle la cena, acostarle.

—No seas tan cuadriculada, anda. —Belén le pide un mínimo de empatía a su socia, que no capta las indirectas que vuelan por encima de sus cabezas. Pero no encuentra el momento de decirle que quiere quedarse y seguir conociendo a Rafael.

—¡Ay si hubiese sido así yo! Con tantos viajes y compromisos, imposible llevar a rajatabla los horarios, y por suerte Carlos duerme fenomenal. —Trato de quitar hierro al asunto.

—Pero tú quédate, Belén —se lanza Rafael.

—Es que vinimos juntas.

—Yo te llevo. No me importa.

—Te lo agradezco Rafa —dice Ana que comienza a despedirse de todos. Salgo con Belén para acompañar a madre e hijo

al coche y al entrar de nuevo en casa, vemos a Rafael que se dispone a salir.

—Nos hemos quedado sin hielos, ahora mismo vuelvo.

—Te acompaño —dice Belén. Apruebo la propuesta con una sonrisa cómplice y vuelvo con el resto de invitados.

—Se fueron los dos tortolitos a por hielo, ¿verdad? —me pregunta Juan Pablo divertido.

—No se te escapa nada —digo.

—Esto promete.

—Huy, si lo dices tú, ¡seguro que acaba en boda!

Cuando los últimos invitados se van, sigo sentada con Carlos en brazos. Oigo ruidos dentro, Juan Pablo está terminando de recoger la cocina, pero no me quiero mover para no despertar a mi niño. Es tan dulce verle dormir. Su carita me inspira tanta paz y felicidad, y sus labios tan perfilados, su pequeña nariz tan perfecta, los dos matojos de pestañas reposando al final de sus párpados desprenden ternura.

Ahora entiendo ese amor para toda la vida que despiertan los hijos y que no puede compararse con nada. Estoy profundamente enamorada de Carlos, y deseo aumentar nuestra pequeña familia para que este amor inmenso no deje de crecer y alimentar nuestras vidas. Le miro y comienzo a hablarle:

—No te colmaremos de regalos ¿sabes?, porque no queremos que ese materialismo, tan difícil de sortear en sociedades consumistas, se apodere de ti y de los hermanos que queremos darte. Los valores de las personas que hoy han venido a casa, son los mejores presentes que vas a recibir y los que agradecerás durante toda la vida, porque son los que te van a hacer

fuerte e incluso inmune al desaliento. —*Una respiración más profunda de lo normal parece advertirme de que me está entendiendo perfectamente*—. *Porque a un interior fuerte* —*continúo*— *no le asustan los retos ni las adversidades.*

»Justo tu familia pasó por uno de esos dramáticos episodios, en este caso por ley de vida, poco antes de que nacieras. Falleció el único bisabuelo al que ibas a conocer. Sin embargo, la fuerza de mi abuelo Andrés se multiplicó según subió al cielo y le seguimos sintiendo allí donde está, libre de dolores y lleno de paz y libertad. Mi consuelo es que, antes de irse, pudo sentirte a través de mi cuerpo y que tú tengas algo de él, porque alguien que se encargó toda la vida de repartir alegría, sonrisas, amor, siempre será nuestro referente. Tú además tienes la suerte de tener cuatro abuelos que te quieren con locura y que tienen también mucho que ofrecerte.

»Este es nuestro legado. Ni joyas, ni enseres que despierten posesión, dependencia o envidias, ni fortunas, que tarde o temprano se desvanecen, y no consiguen llenar el vacío que los duros momentos dejan en el alma, sino que lo que queremos dejarte son experiencias de vida cuyas enseñanzas puedan hacer de ti, de tus primos, de tus futuros hermanos, de tanta gente, personas felices, porque solo de la felicidad puede brotar la pasión, que es la que genera el éxito.

»No tengas miedo a equivocarte, porque a veces es el único camino, y nunca dejes de intentarlo, porque nunca es demasiado tarde.

Agradecimientos

A mi madre, por todo; a Virginia, por ayudarme a descubrir «otra dimensión»; a mi padre, por estar siempre que le digo «ven»; a mi abue, por cuidarnos desde el cielo.

A Juan Pablo, por darme el mayor regalo, por su amor... ¡y por una asombrosa imaginación que me allanó el camino!

A Valeria, Nicolás y Carlos, por traer tanta felicidad a nuestras vidas.

A Gladys y Carlos R., por su gran esfuerzo por mostrar a Maxi y a Juan Pablo que nunca es demasiado tarde.

A Rosita, por cuidar con tanto amor a nuestro bebé mientras escribo.

A mis amigos, por regalarme los momentos más inolvidables.

A mi equipo de esquí, por compartir tantos viajes, algunas lágrimas y muchas alegrías.

A Miryam, por ser una inagotable e inigualable fuente de inspiración.

A Belén, por proponer el título que no salía; y a Willy, por terminar de convencerme con «el toque canalla» del título gracias a Sabina.

A Gonzalo, por darme el empujón que me faltaba para que esta, mi primera novela, viese la luz.

A Eva, que siempre tuvo una fe infinita en este libro.

A Mar, por sus enseñanzas y para que nos deleite pronto con su libro *Mar Afuera*.

A Panín y a mi familia asturiana, por aguantarme las últimas semanas rematando capítulos.

A Álex (Destino Silvania), Casto Domínguez y Pablo Alborán, por poner banda sonora a los mejores momentos de mi vida y por ser tan especiales.

A todos los profesores y compañeros, que tanto me aportaron. En especial: el BV María, la UCM y la UEM.

A las fundaciones de deporte adaptado, valores, derechos, por defender la base de todo.

A los héroes y heroínas anónimos, por mirar siempre al frente con valor y por saber que nunca es demasiado tarde.

ACLARACIÓN: los seis protagonistas son de ficción, pero inspirados en muchas personas que han sabido afrontar adversidades con valores y amor por la vida.

ÍNDICE

ELSA
Quien no ha afrontado la adversidad,
no conoce su propia fuerza 15

LUCAS
Si sacrificas pequeñas cosas por otras más
importantes, te estarás fortaleciendo 65

LUCÍA
Aunque la vivencia sea dura,
la experiencia puede ser positiva 109

ANA
Aunque un hombre conquiste a miles
de hombres en los campos de batalla, solo aquel
que se conquiste a sí mismo ganará su batalla 147

BELÉN
Cuando la lucha comienza desde el interior,
fructifica 179

HUGO
Más que el brillo de la victoria, nos conmueve
la entereza ante la adversidad 221

Agradecimientos 263